Cuentos

Biografía

Juan José Arreola (Ciudad Guzmán, 1918 - Guadalajara, 2001) empezó a escribir a los diez años. Tuvo los empleos más diversos: aprendiz de encuadernador, dependiente en una tienda de abarrotes, cobrador, peón de campo, vendedor de tepache, panadero y periodista, entre muchos otros. Estudió teatro en la ciudad de México con Fernando Wagner, Xavier Villaurrutia y Rodolfo Usigli. En 1944 fue becado para estudiar arte dramático en Francia. De regreso trabajó como corrector en el Fondo de Cultura Económica. A los 31 años publicó su primer libro: *Varia invención* (1949) y, paso a paso, su obra logró importantes reconocimientos, como el premio Xavier Villaurrutia (1963), el Nacional de Letras y Lingüística (1979) y el Internacional de Literatura Juan Rulfo (1992) entre otros. Impartió diversos talleres literarios que fueron decisivos para las nuevas generaciones de escritores. Conductor de programas televisivos, apasionado jugador de ajedrez, falleció en su natal Jalisco dejando en su labor literaria y periodística un valioso legado cultural.

Juan José Arreola
Confabulario

© 1963, Juan José Arreola
Herederos de Juan José Arreola

Derechos reservados

© 1963, 2015, Editorial Planeta Mexicana, S.A. de C.V.
Bajo el sello editorial BOOKET M.R.
Avenida Presidente Masarik núm. 111, Piso 2
Polanco V Sección, Miguel Hidalgo
C.P. 11560, Ciudad de México
www.planetadelibros.com.mx

Diseño e ilustración de portada: Carlos Palleiro
Fotografía de autor: © Juan Miranda

Edición original (FCE): 1952
Primera edición en *Obras de Juan José Arreola*: 1971
Primera edición en Booket: julio de 2005
Primera edición en esta presentación de Booket: mayo de 2015
Décima primera reimpresión en esta presentación de Booket: septiembre de 2020
ISBN: 978-607-07-2800-6

Impreso en los talleres de Impregráfica Digital, S.A. de C.V.
Av. Coyoacán 100-D, Valle Norte, Benito Juárez
Ciudad De Mexico, C.P. 03103
Impreso y hecho en México – *Printed and made in Mexico*

Índice

De memoria y olvido

Yo, señores, soy de Zapotlán el Grande. Un pueblo que de tan grande nos lo hicieron Ciudad Guzmán hace cien años. Pero nosotros seguimos siendo tan pueblo que todavía le decimos Zapotlán. Es un valle redondo de maíz, un circo de montañas sin más adorno que su buen temperamento, un cielo azul y una laguna que viene y se va como un delgado sueño. Desde mayo hasta diciembre, se ve la estatura pareja y creciente de las milpas. A veces le decimos Zapotlán de Orozco porque allí nació José Clemente, el de los pinceles violentos. Como paisano suyo, siento que nací al pie de un volcán. A propósito de volcanes, la orografía de mi pueblo incluye otras dos cumbres, además del pintor: el Nevado que se llama de Colima, aunque todo él está en tierra de Jalisco. Apagado, el hielo en el invierno lo decora. Pero el otro está vivo. En 1912 nos cubrió de cenizas y los viejos recuerdan con pavor esta leve experiencia pompeyana: se hizo la noche en pleno día y todos creyeron en el Juicio Final. Para no ir más lejos, el año pasado estuvimos asustados con brotes de lava, rugidos y fumarolas. Atraídos por el fenómeno, los geólogos vinieron a saludarnos, nos tomaron la temperatura y el pulso, les invitamos una copa de ponche de granada y nos tranquilizaron en plan científico: esta bomba que tenemos bajo la almohada puede estallar tal vez hoy en la noche o un día cualquiera dentro de los próximos diez mil años.

Yo soy el cuarto hijo de unos padres que tuvieron catorce y que viven todavía para contarlo, gracias a Dios. Como ustedes ven, no soy un niño consentido. Arreolas y Zúñigas disputan en mi alma como perros su antigua querella doméstica de incrédulos y devotos. Unos y otros parecen unirse allá muy lejos en común origen vascongado. Pero mestizos a buena hora, en sus venas circulan sin discordia las sangres que hicieron a México, junto con la de una monja francesa que les entró quién sabe por dónde. Hay historias de familia que más valía no contar porque mi apellido se pierde o se gana bíblicamente entre los sefarditas de España. Nadie sabe si don Juan Abad, mi bisabuelo, se puso el Arreola para borrar una última fama de converso (Abad, de abba, que es padre en arameo). No se preocupen, no voy a plantar aquí un árbol genealógico ni a tender la arteria que me traiga la sangre plebeya desde el copista del Cid, o el nombre de la espuria Torre de Quevedo. Pero hay nobleza en mi palabra. Palabra de honor. Procedo en línea recta de dos antiquísimos linajes: soy herrero por parte de madre y carpintero a título paterno. De allí mi pasión artesanal por el lenguaje.

Nací el año de 1918, en el estrago de la gripa española, día de San Mateo Evangelista y Santa Ifigenia Virgen, entre pollos, puercos, chivos, guajolotes, vacas, burros y caballos. Di los primeros pasos seguido precisamente por un borrego negro que se salió del corral. Tal es el antecedente de la angustia duradera que da color a mi vida, que concreta en mí el aura neurótica que envuelve a toda la familia y que por fortuna o desgracia no ha llegado a resolverse nunca en la epilepsia o la locura. Todavía este mal borrego negro me persigue y siento que mis pasos tiemblan como los del troglodita perseguido por una bestia mitológica.

Como casi todos los niños, yo también fui a la escuela. No pude seguir en ella por razones que sí vienen al caso pero que no puedo contar: mi infancia transcurrió en medio del caos provinciano de la Revolución Cristera. Cerradas las iglesias y los colegios religiosos, yo, sobrino de señores curas y de monjas escondidas, no debía ingresar a las aulas oficiales so pena de herejía. Mi padre, un hombre que siempre sabe hallarle salida a los callejones que no la tienen, en vez de enviarme a un seminario clandestino o a una escuela del gobierno, me puso sencillamente a trabajar. Y así, a los doce años de edad entré como aprendiz al taller de don José María Silva, maestro encuadernador, y luego a la imprenta del Chepa Gutiérrez. De allí nace el gran amor que tengo a los libros en cuanto objetos manuales. El otro, el amor a los textos, había nacido antes por obra de un maestro de primaria a quien rindo homenaje: gracias a José Ernesto Aceves supe que había poetas en el mundo, además de comerciantes, pequeños industriales y agricultores. Aquí debo una aclaración: mi padre, que sabe de todo, le ha hecho al comercio, a la industria y a la agricultura (siempre en pequeño) pero ha fracasado en todo: tiene alma de poeta.

Soy autodidacto, es cierto. Pero a los doce años y en Zapotlán el Grande leí a Baudelaire, a Walt Whitman y a los principales fundadores de mi estilo: Papini y Marcel Schwob, junto con medio centenar de otros nombres más y menos ilustres... Y oía canciones y los dichos populares y me gustaba mucho la conversación de la gente de campo.

Desde 1930 hasta la fecha he desempeñado más de veinte oficios y empleos diferentes... He sido vendedor ambulante y periodista; mozo de cuerda y cobrador de

9

banco. *Impresor, comediante y panadero. Lo que ustedes quieran.*

Sería injusto si no mencionara aquí al hombre que me cambió la vida. Louis Jouvet, a quien conocí a su paso por Guadalajara, me llevó a París hace veinticinco años. Ese viaje es un sueño que en vano trataría de revivir; pisé las tablas de la Comedia Francesa: esclavo desnudo en las galeras de Antonio y Cleopatra, bajo las órdenes de Jean Louis Barrault y a los pies de Marie Bell.

A mi vuelta de Francia, el Fondo de Cultura Económica me acogió en su departamento técnico gracias a los buenos oficios de Antonio Alatorre, que me hizo pasar por filólogo y gramático. Después de tres años de corregir pruebas de imprenta, traducciones y originales, pasé a figurar en el catálogo de autores (Varia invención apareció en Tezontle, 1949).

Una última confesión melancólica. No he tenido tiempo de ejercer la literatura. Pero he dedicado todas las horas posibles para amarla. Amo el lenguaje por sobre todas las cosas y venero a los que mediante la palabra han manifestado el espíritu, desde Isaías a Franz Kafka. Desconfío de casi toda la literatura contemporánea. Vivo rodeado por sombras clásicas y benévolas que protegen mi sueño de escritor. Pero también por los jóvenes que harán la nueva literatura mexicana: en ellos delego la tarea que no he podido realizar. Para facilitarla, les cuento todos los días lo que aprendí en las pocas horas en que mi boca estuvo gobernada por el otro. Lo que oí, un solo instante, a través de la zarza ardiente.

Al emprender esta edición definitiva, Joaquín Díez-Canedo y yo nos hemos puesto de acuerdo para devolverle a cada uno de mis libros su más clara individualidad. Por azares diversos, Varia invención, Confabulario *y*

Bestiario *se contaminaron entre sí, a partir de 1949. (La* feria *es un caso aparte.) Ahora cada uno de esos libros devuelve a los otros lo que no es suyo y recobra simultáneamente lo propio.*

Este Confabulario *se queda con los cuentos maduros y aquello que más se les parece. A* Varia invención *irán los textos primitivos, ya para siempre verdes. El* Bestiario *tendrá* Prosodia *de complemento, porque se trata de textos breves en ambos casos: prosa poética y poesía prosaica. (No me asustan los términos.)*

¿Y a quién finalmente le importa si a partir del quinto volumen de estas obras completas o no, todo va a llamarse confabulario total o memoria y olvido? Sólo me gustaría apuntar que confabulados o no, el autor y sus lectores probables sean la misma cosa. Suma y resta entre recuerdos y olvidos, multiplicados por cada uno.

J. J. A.

Confabulario

...mudo espío
mientras alguien voraz a mí me observa.

Carlos Pellicer

Parturient montes

...nascetur ridiculus mus.
Horacio, *Ad Pisones*, 139.

Entre amigos y enemigos se difundió la noticia de que
yo sabía una nueva versión del parto de los montes.
En todas partes me han pedido que la refiera, dando
muestras de una expectación que rebasa con mucho el
interés de semejante historia. Con toda honestidad,
una y otra vez remití la curiosidad del público a los
textos clásicos y a las ediciones de moda. Pero nadie
se quedó contento: todos querían oírla de mis labios.
De la insistencia cordial pasaban, según su temperamento, a la amenaza, a la coacción y al soborno. Algunos flemáticos sólo fingieron indiferencia para herir mi
amor propio en lo más vivo. La acción directa tendría
que llegar tarde o temprano.

Ayer fui asaltado en plena calle por un grupo de re-
sentidos. Cerrándome el paso en todas direcciones, me
pidieron a gritos el principio del cuento. Muchas gentes que pasaban distraídas también se detuvieron, sin
saber que iban a tomar parte en un crimen. Conquista-

15

das sin duda por mi aspecto de charlatán comprometido, prestaron de buena gana su concurso. Pronto me hallé rodeado por la masa compacta.

Abrumado y sin salida, haciendo un total acopio de energía, me propuse acabar con mi prestigio de narrador. Y he aquí el resultado. Con una voz falseada por la emoción, trepado en un banquillo de agente de tránsito que alguien me puso debajo de los pies, comienzo a declamar las palabras de siempre, con los ademanes de costumbre: "En medio de terremotos y explosiones, con grandiosas señales de dolor, desarraigando los árboles y desgajando las rocas, se aproxima un gigante advenimiento. ¿Va a nacer un volcán? ¿Un río de fuego? ¿Se alzará en el horizonte una nueva y sumergida estrella? Señoras y señores: ¡Las montañas están de parto!"

El estupor y la vergüenza ahogan mis palabras. Durante varios segundos prosigo el discurso a base de pura pantomima, como un director frente a la orquesta enmudecida. El fracaso es tan real y evidente, que algunas personas se conmueven. "¡Bravo!", oigo que gritan por allí, animándome a llenar la laguna. Instintivamente me llevo las manos a la cabeza y la aprieto con todas mis fuerzas, queriendo apresurar el fin del relato. Los espectadores han adivinado que se trata del ratón legendario, pero simulan una ansiedad enfermiza. En torno a mí siento palpitar un solo corazón.

Yo conozco las reglas del juego, y en el fondo no me gusta defraudar a nadie con una salida de prestidigitador. Bruscamente me olvido de todo. De lo que aprendí en la escuela y de lo que he leído en los libros. Mi mente está en blanco. De buena fe y a mano limpia, me pongo a perseguir al ratón. Por primera vez se produce un silencio respetuoso. Apenas si algunos asistentes participan en voz baja a los recién llegados ciertos antecedentes del drama. Yo estoy realmente en trance y me busco por todas partes el desenlace, como un hombre que ha perdido la razón.

Recorro mis bolsillos uno por uno y los dejo volteados, a la vista del público. Me quito el sombrero y lo arrojo inmediatamente, desechando la idea de sacar un conejo. Deshago el nudo de mi corbata y sigo adelante, profundizando en la camisa, hasta que mis manos se detienen con horror en los primeros botones del pantalón.

A punto de caer desmayado, me salva el rostro de una mujer que de pronto se enciende con esperanzado rubor. Afirmado en el pedestal, pongo en ella todas mis ilusiones y la elevo a la categoría de musa, olvidando que las mujeres tienen especial debilidad por los temas escabrosos. La tensión llega en este momento a su máximo. ¿Quién fue el alma caritativa que al darse cuenta de mi estado avisó por teléfono? La sirena de la ambulancia preludia en el horizonte una amenaza definitiva.

En el último instante, mi sonrisa de alivio detiene a los que sin duda pensaban en lincharme. Aquí, bajo el brazo izquierdo, en el hueco de la axila, hay un leve calor de nido... Algo aquí se anima y se remueve... Suavemente, dejo caer el brazo a lo largo del cuerpo, con la mano encogida como una cuchara. Y el milagro se produce. Por el túnel de la manga desciende una tierna migaja de vida. Levanto el brazo y extiendo la palma triunfal.

Suspiro, y la multitud suspira conmigo. Sin darme cuenta, yo mismo doy la señal del aplauso y la ovación no se hace esperar. Rápidamente se organiza un desfile asombroso ante el ratón recién nacido. Los entendidos se acercan y lo miran por todos lados, se cercioran de que respira y se mueve, nunca han visto nada igual y me felicitan de todo corazón. Apenas se alejan unos pasos y ya comienzan las objeciones. Dudan, se alzan de hombros y menean la cabeza. ¿Hubo trampa? ¿Es un ratón de verdad? Para tranquilizarme, algunos entusiastas proyectan un paseo en hombros, pero no pasan de allí. El público en general va dispersándose poco a poco. Extenuado por el esfuerzo y a punto de quedarme solo, estoy dispuesto a ceder la criatura al primero que me la pida.

Las mujeres temen casi siempre a esta clase de roedores. Pero aquella cuyo rostro resplandeció entre todos, se aproxima y reclama con timidez el entrañable fruto de fantasía. Halagado a más no poder, yo se lo dedico inmediatamente, y mi confusión no tiene límites cuando se lo guarda amorosa en el seno.

Al despedirse y darme las gracias, explica como puede su actitud para que no haya malas interpretaciones. Viéndola tan turbada, la escucho con embeleso. Tiene un gato, me dice, y vive con su marido en un departamento de lujo. Sencillamente, se propone darles una pequeña sorpresa. Nadie sabe allí lo que significa un ratón.

En verdad os digo

Todas las personas interesadas en que el camello pase
por el ojo de la aguja deben inscribir su nombre en la
lista de patrocinadores del experimento Niklaus.

Desprendido de un grupo de sabios mortíferos, de
esos que manipulan el uranio, el cobalto y el hidróge-
no, Arpad Niklaus deriva sus investigaciones actuales
a un fin caritativo y radicalmente humanitario: la salvación del alma de los ricos.

Propone un plan científico para desintegrar un camello y hacerlo que pase en chorro de electrones por
el ojo de una aguja. Un aparato receptor (muy semejante en principio a la pantalla de televisión) organizará
los electrones en átomos, los átomos en moléculas y las
moléculas en células, reconstruyendo inmediatamente
el camello según su esquema primitivo. Niklaus ya logró cambiar de sitio, sin tocarla, una gota de agua pesada. También ha podido evaluar, hasta donde lo permite la discreción de la materia, la energía cuántica que
dispara una pezuña de camello. Nos parece inútil abru-
mar aquí al lector con esa cifra astronómica.

La única dificultad seria en que tropieza el profesor Niklaus es la carencia de una planta atómica propia. Tales instalaciones, extensas como ciudades, son increíblemente caras. Pero un comité especial se ocupa ya en solventar el problema económico mediante una colecta universal. Las primeras aportaciones, todavía un poco tímidas, sirven para costear la edición de millares de folletos, bonos y prospectos explicativos, así como para asegurar al profesor Niklaus el modesto salario que le permite proseguir sus cálculos e investigaciones teóricas, en tanto se edifican los inmensos laboratorios.

En la hora presente, el comité sólo cuenta con el camello y la aguja. Como las sociedades protectoras de animales aprueban el proyecto, que es inofensivo y hasta saludable para cualquier camello (Niklaus habla de una probable regeneración de todas las células), los parques zoológicos del país han ofrecido una verdadera caravana. Nueva York no ha vacilado en exponer su famosísimo dromedario blanco.

Por lo que toca a la aguja, Arpad Niklaus se muestra muy orgulloso, y la considera piedra angular de la experiencia. No es una aguja cualquiera, sino un maravilloso objeto dado a luz por su laborioso talento. A primera vista podría ser confundida con una aguja común y corriente. La señora Niklaus, dando muestra de fino humor, se complace en zurcir con ella la ropa de su marido. Pero su valor es infinito. Está hecha de un portentoso metal todavía no clasificado, cuyo símbolo químico, apenas insinuado por Niklaus, parece dar a entender que se trata de un cuerpo compuesto exclusivamente de isótopos de níquel. Esta sustancia misteriosa ha dado mucho que pensar a los hombres de ciencia. No ha faltado quien sostenga la hipótesis risible de un osmio sintético o de un molibdeno aberrante, o quien se atreva a proclamar públicamente las palabras de un profesor envidioso que aseguró haber reconocido el metal de Niklaus bajo la forma de pequeñísimos grumos cristalinos enquistados en densas masas de siderita. Lo que se sabe a ciencia cierta es que la aguja de Niklaus puede resistir la fricción de un chorro de electrones a velocidad ultracósmica.

En una de esas explicaciones tan gratas a los abstrusos matemáticos, el profesor Niklaus compara el camello en su tránsito con un hilo de araña. Nos dice que si aprovechamos ese hilo para tejer una tela, nos haría falta todo el espacio sideral para extenderla, y que las estrellas visibles e invisibles quedarían allí prendidas como briznas de rocío. La madeja en cuestión mide millones de años luz, y Niklaus ofrece devanarla en unos tres quintos de segundo.

Como puede verse, el proyecto es del todo viable y hasta diríamos que peca de científico. Cuenta ya con la simpatía y el apoyo moral (todavía no confirmado oficialmente) de la Liga Interplanetaria que preside en Londres el eminente Olaf Stapledon.

En vista de la natural expectación y ansiedad que ha provocado en todas partes la oferta de Niklaus, el comité manifiesta un especial interés llamando la atención de todos los poderosos de la tierra, a fin de que no se dejen sorprender por los charlatanes que están pasando camellos muertos a través de sutiles orificios. Estos individuos, que no titubean al llamarse hombres de ciencia, son simples estafadores a caza de esperanzados incautos. Proceden de un modo sumamente vulgar, disolviendo el camello en soluciones cada vez más ligeras de ácido sulfúrico. Luego destilan el líquido por el ojo de la aguja, mediante una clepsidra de vapor, y creen haber realizado el milagro. Como puede verse, el experimento es inútil y de nada sirve financiarlo. El camello debe estar vivo antes y después del imposible traslado.

En vez de derretir toneladas de cirios y de gastar el dinero en indescifrables obras de caridad; las personas interesadas en la vida eterna que posean un capital estorboso deben patrocinar la desintegración del camello, que es científica, vistosa y en último término lucrativa. Hablar de generosidad en un caso semejante resulta del todo innecesario. Hay que cerrar los ojos y abrir la bolsa con amplitud, a sabiendas de que todos los gastos serán cubiertos a prorrata. El premio será igual para todos los contribuyentes: lo que urge es aproximar lo más qué sea posible la fecha de entrega.

El monto del capital necesario no podrá ser conocido hasta el imprevisible final, y el profesor Niklaus, con toda honestidad, se niega a trabajar con un presupuesto que no sea fundamentalmente elástico. Los suscriptores deben cubrir con paciencia y durante años sus cuotas de inversión. Hay necesidad de contratar millares de técnicos, gerentes y obreros. Deben fundarse subcomités regionales y nacionales. Y el estatuto de un colegio de sucesores del profesor Niklaus, no tan sólo debe ser previsto, sino presupuesto en detalle, ya que la tentativa puede extenderse razonablemente durante varias generaciones. A este respecto no está por demás señalar la edad provecta del sabio Niklaus.

Como todos los propósitos humanos, el experimento Niklaus ofrece dos probables resultados: el fracaso y el éxito. Además de simplificar el problema de la salvación personal, el éxito de Niklaus convertirá a los empresarios de tan mística experiencia en accionistas de una fabulosa compañía de transportes. Será muy fácil desarrollar la desintegración de los seres humanos de un modo práctico y económico. Los hombres del mañana viajarán a través de grandes distancias, en un instante y sin peligro, disueltos en ráfagas electrónicas.

Pero la posibilidad de un fracaso es todavía más halagadora. Si Arpad Niklaus es un fabricante de quimeras y a su muerte le sigue toda una estirpe de impostores, su obra humanitaria no hará sino aumentar en grandeza, como una progresión geométrica, o como el tejido de pollo cultivado por Carrel. Nada impedirá que pase a la historia como el glorioso fundador de la desintegración universal de capitales. Y los ricos, empobrecidos en serie por las agotadoras inversiones, entrarán fácilmente al reino de los cielos por la puerta estrecha (el ojo de la aguja), aunque el camello no pase.

El rinoceronte

Durante diez años luché con un rinoceronte; soy la esposa divorciada del juez McBride.

Joshua McBride me poseyó durante diez años con imperioso egoísmo. Conocí sus arrebatos de furor, su ternura momentánea, y en las altas horas de la noche, su lujuria insistente y ceremoniosa.

Renuncié al amor antes de saber lo que era, porque Joshua me demostró con alegatos judiciales que el amor sólo es un cuento que sirve para entretener a las criadas. Me ofreció en cambio su protección de hombre respetable. La protección de un hombre respetable es, según Joshua, la máxima ambición de toda mujer.

Diez años luché cuerpo a cuerpo con el rinoceronte, y mi único triunfo consistió en arrastrarlo al divorcio.

Joshua McBride se ha casado de nuevo, pero esta vez se equivocó en la elección. Buscando otra Elinor, fue a dar con la horma de su zapato. Pamela es romántica y dulce, pero sabe el secreto que ayuda a vencer a los rinocerontes. Joshua McBride ataca de frente, pero no puede volverse con rapidez. Cuando alguien se coloca de pronto a su espalda, tiene que girar en redondo para volver a atacar. Pamela lo ha cogido de la cola, y no lo suelta, y lo zarandea. De tanto girar en redondo, el juez comienza a dar muestras de fatiga, cede y se ablanda. Se ha vuelto más lento y opaco en sus furores; sus prédicas pierden veracidad, como en labios de un actor desconcertado. Su cólera no sale ya a la superficie. Es como un volcán subterráneo, con Pamela sentada encima, sonriente. Con Joshua, yo naufragaba en el mar; Pamela flota como un barquito de papel en una palangana. Es hija de un Pastor prudente y vegetariano que le enseñó la manera de lograr que los tigres se vuelvan también vegetarianos y prudentes.

Hace poco vi a Joshua en la iglesia, oyendo devotamente los oficios dominicales. Está como enjuto y comprimido. Tal parece que Pamela, con sus dos manos frágiles, ha estado reduciendo su volumen y le ha ido doblando el espinazo. Su palidez de vegetariano le da un suave aspecto de enfermo.

Las personas que visitan a los McBride me cuentan cosas sorprendentes. Hablan de unas comidas incomprensibles, de almuerzos y cenas sin rosbif; me describen a Joshua devorando enormes fuentes de ensalada. Naturalmente, de tales alimentos no puede extraer las calorías que daban auge a sus antiguas cóleras. Sus platos favoritos han sido metódicamente alterados o suprimidos por implacables y adustas cocineras. El patagrás y el gorgonzola no envuelven ya el roble ahumado del comedor en su untuosa pestilencia. Han sido reemplazados por insípidas cremas y quesos inodoros que Joshua come en silencio, como un niño castigado. Pamela, siempre amable y sonriente, apaga el habano de Joshua a la mitad, raciona el tabaco de su pipa y restringe su whisky.

Esto es lo que me cuentan. Me place imaginarlos a los dos solos, cenando en la mesa angosta y larga, bajo la luz fría de los candelabros. Vigilado por la sabia Pamela, Joshua el glotón absorbe colérico sus livianos manjares. Pero sobre todo, me gusta imaginar al rinoceronte en pantuflas, con el gran cuerpo informe bajo la bata, llamando en las altas horas de la noche, tímido y persistente, ante una puerta obstinada.

La migala

La migala discurre libremente por la casa, pero mi capacidad de horror no disminuye.

El día en que Beatriz y yo entramos en aquella barraca inmunda de la feria callejera, me di cuenta de que la repulsiva alimaña era lo más atroz que podía depararme el destino. Peor que el desprecio y la conmiseración brillando de pronto en una clara mirada.

Unos días más tarde volví para comprar la migala·y el sorprendido saltimbanqui me dio algunos informes acerca de sus costumbres y su alimentación extraña. Entonces comprendí que tenía en las manos, de una vez por todas, la amenaza total, la máxima dosis de terror que mi espíritu podía soportar. Recuerdo mi paso tembloroso, vacilante, cuando de regreso a la casa sentía el peso leve y denso de la araña, ese peso del cual podía descontar, con seguridad, el de la caja de madera en que la llevaba, como si fueran dos pesos totalmente diferentes: el de la madera inocente y el del impuro y ponzoñoso animal que tiraba de mí como un lastre definitivo. Dentro de aquella caja iba el infierno personal que instalaría en mi casa para destruir, para anular al otro, el descomunal infierno de los hombres.

La noche memorable en que solté a la migala en mi departamento y la vi correr como un cangrejo y ocultarse bajo un mueble, ha sido el principio de una vida indescriptible. Desde entonces, cada uno de los instantes de que dispongo ha sido recorrido por los pasos de la araña, que llena la casa con su presencia invisible.

Todas las noches tiemblo en espera de la picadura mortal. Muchas veces despierto con el cuerpo helado, tenso, inmóvil, porque el sueño ha creado para mí, con precisión, el paso cosquilleante de la araña sobre mi piel, su peso indefinible, su consistencia de entraña. Sin embargo, siempre amanece. Estoy vivo y mi alma inútilmente se apresta y se perfecciona.

Hay días en que pienso que la migala ha desaparecido, que se ha extraviado o que ha muerto. Pero no hago nada para comprobarlo. Dejo siempre que el azar me vuelva a poner frente a ella, al salir del baño, o mientras me desvisto para echarme en la cama. A veces el silencio de la noche me trae el eco de sus pasos, que he aprendido a oír, aunque sé que son imperceptibles.

Muchos días encuentro intacto el alimento que he dejado la víspera. Cuando desaparece, no sé si lo ha devorado la migala o algún otro inocente huésped de la casa. He llegado a pensar también que acaso estoy siendo víctima de una superchería y que me hallo a merced de una falsa migala. Tal vez el saltimbanqui me ha engañado, haciéndome pagar un alto precio por un inofensivo y repugnante escarabajo.

Pero en realidad esto no tiene importancia, porque yo he consagrado a la migala con la certeza de mi muerte aplazada. En las horas más agudas del insomnio, cuando me pierdo en conjeturas y nada me tranquiliza, suele visitarme la migala.

Se pasea embrolladamente por el cuarto y trata de subir con torpeza a las paredes. Se detiene, levanta su cabeza y mueve los palpos. Parece husmear, agitada, un invisible compañero.

Entonces, estremecido en mi soledad, acorralado por el pequeño monstruo, recuerdo que en otro tiempo yo soñaba en Beatriz y en su compañía imposible.

El guardagujas

El forastero llegó sin aliento a la estación desierta. Su gran valija, que nadie quiso cargar, le había fatigado en extremo. Se enjugó el rostro con un pañuelo, y con la mano en visera miró los rieles que se perdían en el horizonte. Desalentado y pensativo consultó su reloj: la hora justa en que el tren debía partir.

Alguien, salido de quién sabe dónde, le dio una palmada muy suave. Al volverse, el forastero se halló ante un viejecillo de vago aspecto ferrocarrilero. Llevaba en la mano una linterna roja, pero tan pequeña, que parecía de juguete. Miró sonriendo al viajero, que le preguntó con ansiedad:

—Usted perdone, ¿ha salido ya el tren?

—¿Lleva usted poco tiempo en este país?

—Necesito salir inmediatamente. Debo hallarme en T. mañana mismo.

—Se ve que usted ignora las cosas por completo. Lo que debe hacer ahora mismo es buscar alojamiento en la fonda para viajeros —y señaló un extraño edificio ceniciento que más bien parecía un presidio.

—Pero yo no quiero alojarme, sino salir en el tren.

—Alquile usted un cuarto inmediatamente, si es que lo hay. En caso de que pueda conseguirlo, contrátelo por mes, le resultará más barato y recibirá mejor atención.

—¿Está usted loco? Yo debo llegar a T. mañana mismo.

—Francamente, debería abandonarlo a su suerte. Sin embargo, le daré unos informes.

—Por favor...

—Este país es famoso por sus ferrocarriles, como usted sabe. Hasta ahora no ha sido posible organizarlos debidamente, pero se han hecho ya grandes cosas en lo que se refiere a la publicación de itinerarios y a la expedición de boletos. Las guías ferroviarias abarcan y enlazan todas las poblaciones de la nación; se expenden boletos hasta para las aldeas más pequeñas y remotas. Falta solamente que los convoyes cumplan las indicaciones contenidas en las guías y que pasen efectivamente por las estaciones. Los habitantes del país así lo esperan; mientras tanto, aceptan las irregularidades del servicio y su patriotismo les impide cualquier manifestación de desagrado.

—Pero ¿hay un tren que pasa por esta ciudad?

—Afirmarlo equivaldría a cometer una inexactitud. Como usted puede darse cuenta, los rieles existen, aunque un tanto averiados. En algunas poblaciones están sencillamente indicados en el suelo, mediante dos rayas de gis. Dadas las condiciones actuales, ningún tren tiene la obligación de pasar por aquí, pero nada impide que eso pueda suceder. Yo he visto pasar muchos trenes en mi vida y conocí algunos viajeros que pudieron abordarlos. Si usted espera convenientemente, tal vez yo mismo tenga el honor de ayudarle a subir a un hermoso y confortable vagón.

—¿Me llevará ese tren a T.?

—¿Y por qué se empeña usted en que ha de ser precisamente a T.? Debería darse por satisfecho si pudiera abordarlo. Una vez en el tren, su vida tomará efectivamente algún rumbo. ¿Qué importa si ese rumbo no es el de T.?

—Es que yo tengo un boleto en regla para ir a T. Lógicamente, debo ser conducido a ese lugar, ¿no es así?

—Cualquiera diría que usted tiene razón. En la fonda para viajeros podrá usted hablar con personas que han tomado sus precauciones, adquiriendo grandes cantidades de boletos. Por regla general, las gentes previsoras compran pasajes para todos los puntos del país. Hay quien ha gastado en boletos una verdadera fortuna...

—Yo creí que para ir a T. me bastaba un boleto. Mírelo usted...

—El próximo tramo de los ferrocarriles nacionales va a ser construido con el dinero de una sola persona que acaba de gastar su inmenso capital en pasajes de ida y vuelta para un trayecto ferroviario cuyos planos, que incluyen extensos túneles y puentes, ni siquiera han sido aprobados por los ingenieros de la empresa.

—Pero el tren que pasa por T., ¿ya se encuentra en servicio?

—Y no sólo ése. En realidad, hay muchísimos trenes en la nación, y los viajeros pueden utilizarlos con relativa frecuencia, pero tomando en cuenta que no se trata de un servicio formal y definitivo. En otras palabras, al subir a un tren, nadie espera ser conducido al sitio que desea.

—¿Cómo es eso?

—En su afán de servir a los ciudadanos, la empresa debe recurrir a ciertas medidas desesperadas. Hace circular trenes por lugares intransitables. Esos convoyes expedicionarios emplean a veces varios años en su trayecto, y la vida de los viajeros sufre algunas transformaciones importantes. Los fallecimientos no son raros en tales casos, pero la empresa, que todo lo ha previsto, añade a esos trenes un vagón capilla ardiente y un vagón cementerio. Es motivo de orgullo para los conductores depositar el cadáver de un viajero —lujosamente embalsamado— en los andenes de la estación que prescribe su boleto.

En ocasiones, estos trenes forzados recorren trayectos en que falta uno de los rieles. Todo un lado de los vagones se estremece lamentablemente con los golpes que dan las ruedas sobre los durmientes. Los viajeros de primera —es otra de las previsiones de la empresa— se colocan del lado en que hay riel. Los de segunda padecen los golpes con resignación. Pero hay otros tramos en que faltan ambos rieles; allí los viajeros sufren por igual, hasta que el tren queda totalmente destruido.

—¡Santo Dios!

—Mire usted: la aldea de F. surgió a causa de uno de esos accidentes. El tren fue a dar en un terreno impracticable. Lijadas por la arena, las ruedas se gastaron hasta los ejes. Los viajeros pasaron tanto tiempo juntos, que de las obligadas conversaciones triviales surgieron amistades estrechas. Algunas de esas amistades se transformaron pronto en idilios, y el resultado ha sido F., una aldea progresista llena de niños traviesos que juegan con los vestigios enmohecidos del tren.

—¡Dios mío, yo no estoy hecho para tales aventuras!

—Necesita usted ir templando su ánimo; tal vez llegue usted a convertirse en héroe. No crea que faltan ocasiones para que los viajeros demuestren su valor y sus capacidades de sacrificio. Recientemente, doscientos pasajeros anónimos escribieron una de las páginas más gloriosas en nuestros anales ferroviarios. Sucede que en un viaje de prueba, el maquinista advirtió a tiempo una grave omisión de los constructores de la línea. En la ruta faltaba el puente que debía salvar un abismo. Pues bien, el maquinista, en vez de poner marcha hacia atrás, arengó a los pasajeros y obtuvo de ellos el esfuerzo necesario para seguir adelante. Bajo su enérgica dirección, el tren fue desarmado pieza por pieza y conducido en hombros al otro lado del abismo, que todavía reservaba la sorpresa de contener en su fondo un río caudaloso. El resultado de la hazaña fue tan satisfactorio que la empresa renunció definitivamente a la construcción del puente, conformándose con hacer un atractivo descuento en las tarifas de los pasajeros que se atreven a afrontar esa molestia suplementaria.

—¡Pero yo debo llegar a T. mañana mismo!

—¡Muy bien! Me gusta que no abandone usted su proyecto. Se ve que es usted un hombre de convicciones. Alójese por lo pronto en la fonda y tome el primer tren que pase. Trate de hacerlo cuando menos; mil personas estarán para impedírselo. Al llegar un convoy, los viajeros, irritados por una espera demasiado larga, salen de la fonda en tumulto para invadir ruidosamente la estación. Muchas veces provocan accidentes con su increíble falta de cortesía y de prudencia. En vez de subir ordenadamente se dedican a aplastarse unos a otros; por lo menos, se impiden para siempre el abordaje, y el tren se va dejándolos amotinados en los andenes de la estación. Los viajeros, agotados y furiosos, maldicen su falta de educación, y pasan mucho tiempo insultándose y dándose de golpes.

—¿Y la policía no interviene?

—Se ha intentado organizar un cuerpo de policía en cada estación, pero la imprevisible llegada de los trenes hacía tal servicio inútil y sumamente costoso. Además, los miembros de ese cuerpo demostraron muy pronto su venalidad, dedicándose a proteger la salida exclusiva de pasajeros adinerados que les daban a cambio de esa ayuda todo lo que llevaban encima. Se resolvió entonces el establecimiento de un cipo especial de escuelas, donde los futuros viajeros reciben lecciones de urbanidad y un entrenamiento adecuado. Allí se les enseña la manera correcta de abordar un convoy, aunque esté en movimiento y a gran velocidad. También se les proporciona una especie de armadura para evitar que los demás pasajeros les rompan las costillas.

—Pero una vez en el tren, ¿está uno a cubierto de nuevas contingencias?

—Relativamente. Sólo le recomiendo que se fije muy bien en las estaciones. Podría darse el caso de que usted creyera haber llegado a T., y sólo fuese una ilusión. Para regular la vida a bordo de los vagones demasiado repletos, la empresa se ve obligada a echar mano de ciertos expedientes. Hay estaciones que son pura apariencia: han sido construidas en plena selva y llevan el nombre de alguna ciudad importante. Pero basta poner un poco de atención para descubrir el engaño. Son como las decoraciones del teatro, y las personas que figuran en ellas están llenas de aserrín, Esos muñecos revelan fácilmente los estragos de la intemperie, pero son a veces una perfecta imagen de la realidad: llevan en el rostro las señales de un cansancio infinito.

—Por fortuna, T. no se halla muy lejos de aquí.

—Pero carecemos por el momento de trenes directos. Sin embargo, no debe excluirse la posibilidad de que usted llegue mañana mismo, tal como desea. La organización de los ferrocarriles, aunque deficiente, no excluye la posibilidad de un viaje sin escalas. Vea usted, hay personas que ni siquiera se han dado cuenta de lo que pasa. Compran un boleto para ir a T., viene un tren, suben, y al día siguiente oyen que el conductor anuncia: "Hemos llegado a T." Sin tomar precaución alguna, los viajeros descienden y se hallan efectivamente en T.

—¿Podría yo hacer alguna cosa para facilitar ese resultado?

—Claro que puede usted. Lo que no se sabe es si le servirá de algo. Inténtelo de todas maneras. Suba usted al tren con la idea fija de que va a llegar a T. No trate a ninguno de los pasajeros. Podrán desilusionarlo con sus historias de viaje, y hasta denunciarlo a las autoridades.

—¿Qué está usted diciendo?

—En virtud del estado actual de las cosas, los trenes viajan llenos de espías. Estos espías, voluntarios en su mayor parte, dedican su vida a fomentar el espíritu constructivo de la empresa. A veces uno no sabe lo que dice y habla sólo por hablar. Pero ellos se dan cuenta en seguida de todos los sentidos que puede tener una frase, por sencilla que sea. Del comentario más inocente saben sacar una opinión culpable. Si usted llegara a cometer la menor imprudencia, sería aprehendido sin más; pasaría el resto de su vida en un vagón cárcel o le obligarían a descender en una falsa estación, perdida en la selva. Viaje usted lleno de fe, consuma la menor cantidad posible de alimentos y no ponga los pies en el andén antes de que vea en T. alguna cara conocida.

—Pero yo no conozco en T. a ninguna persona.

—En ese caso redoble usted sus precauciones. Tendrá, se lo aseguro, muchas tentaciones en el camino. Si mira usted por las ventanillas, está expuesto a caer la trampa de un espejismo. Las ventanillas están provistas de ingeniosos dispositivos que crean toda clase de ilusiones en el ánimo de los pasajeros. No hace falta ser débil para caer en ellas. Ciertos aparatos, operados desde la locomotora, hacen creer, por el ruido y los movimientos, que el tren está en marcha. Sin embargo, el tren permanece detenido semanas enteras, mientras los viajeros ven pasar cautivadores paisajes a través de los cristales.

—¿Y eso qué objeto tiene?

—Todo esto lo hace la empresa con el sano propósito de disminuir la ansiedad de los viajeros y de anular en todo lo posible las sensaciones de traslado. Se aspira a que un día se entreguen plenamente al azar, en manos de una empresa omnipotente, y que ya no les importe saber a dónde van ni de dónde vienen.

—Y usted, ¿ha viajado mucho en los trenes?

—Yo, señor, sólo soy guardagujas. A decir verdad, soy un guardagujas jubilado, y sólo aparezco aquí de vez en cuando para recordar los buenos tiempos. No he viajado nunca, ni tengo ganas de hacerlo. Pero los viajeros me cuentan historias. Sé que los trenes han creado muchas poblaciones además de la aldea de F. cuyo origen le he referido. Ocurre a veces que los tripulantes de un tren reciben órdenes misteriosas. Invitan a los pasajeros a que desciendan de los vagones, generalmente con el pretexto de que admiren las bellezas de un determinado lugar. Se les habla de grutas, de cataratas o de ruinas célebres: "Quince minutos para que admiren ustedes la gruta tal o cual", dice amablemente el conductor. Una vez que los viajeros se hallan a cierta distancia, el tren escapa a todo vapor.

—¿Y los viajeros?

—Vagan desconcertados de un sitio a otro durante algún tiempo, pero acaban por congregarse y se establecen en colonia. Estas paradas intempestivas se hacen en lugares adecuados, muy lejos de toda civilización y con riquezas naturales suficientes. Allí se abandonan lotes selectos, de gente joven, y sobre todo con mujeres abundantes. ¿No le gustaría a usted pasar sus últimos días en un pintoresco lugar desconocido, en compañía de una muchachita?

El viejecillo sonriente hizo un guiño y se quedó mirando al viajero, lleno de bondad y de picardía. En ese momento se oyó un silbido lejano. El guardagujas dio un brinco, y se puso a hacer señales ridículas y desordenadas con su linterna.

—¿Es el tren? —preguntó el forastero.

El anciano echó a correr por la vía, desaforadamente. Cuando estuvo a cierta distancia, se volvió para gritar:

—¡Tiene usted suerte! Mañana llegará a su famosa estación. ¿Cómo dice usted que se llama?

—¡X! —contestó el viajero.

En ese momento el viejecillo se disolvió en la clara mañana. Pero el punto rojo de la linterna siguió corriendo y saltando entre los rieles, imprudentemente, al encuentro del tren.

Al fondo del paisaje, la locomotora se acercaba como un ruidoso advenimiento.

El discípulo

De raso negro, bordeada de armiño y con gruesos ala-
mares de plata y de ébano, la gorra de Andrés Salaino
es la más hermosa que he visto. El maestro la compró
a un mercader veneciano y es realmente digna de un
príncipe. Para no ofenderme, se detuvo al pasar por el
Mercado Viejo y eligió este bonete de fieltro gris. Luego, queriendo celebrar el estreno, nos puso de modelo
el uno al otro.

Dominado mi resentimiento, dibujé una cabeza de
Salaino, lo mejor que ha salido de mi mano. Andrés apa-
rece tocado con su hermosa gorra, y con el gesto altanero
que pasea por las calles de Florencia, creyéndose a los
dieciocho años un maestro de la pintura. A su vez, Salaino me retrató con el ridículo bonete y con el aire de un
campesino recién llegado de San Sepolcro. El maestro
celebró alegremente nuestra labor, y él mismo sintió ganas de dibujar. Decía: "Salaino sabe reírse y no ha caído
en la trampa". Y luego, dirigiéndose a mí: "Tú sigues
creyendo en la belleza. Muy caro lo pagarás. No falta en
tu dibujo una línea, pero sobran muchas. Traedme un
cartón. Os enseñaré cómo se destruye la belleza".

Con un lápiz de carbón trazó el bosquejo de una bella figura: el rostro de un ángel, tal vez el de una hermosa mujer. Nos dijo: "Mirad, aquí está naciendo la belleza. Estos dos huecos sombríos son sus ojos; estas líneas imperceptibles, la boca. El rostro entero carece de contorno. Ésta es la belleza".

Y luego, con un guiño: "Acabemos con ella". Y en poco tiempo, dejando caer unas líneas sobre otras, creando espacios de luz y de sombras, hizo de memoria ante mis ojos maravillados el retrato de Gioia. Los mismos ojos oscuros, el mismo óvalo del rostro, la misma imperceptible sonrisa.

Cuando yo estaba más embelesado, el maestro interrumpió su trabajo y comenzó a reír de manera extraña. "Hemos acabado con la belleza", dijo. "Ya no queda sino esta infame caricatura". Sin comprender, yo seguía contemplando aquel rostro espléndido y sin secretos. De pronto, el maestro rompió en dos el dibujo y arrojó los pedazos al fuego de la chimenea. Quedé inmóvil de estupor. Y entonces él hizo algo que nunca podré olvidar ni perdonar. De ordinario tan silencioso, echó a reír con una risa odiosa, frenética. "¡Anda, pronto, salva a tu señora del fuego!" Y me tomó la mano derecha y revolvió con ella las frágiles cenizas de la hoja de cartón. Vi por última vez sonreír el rostro de Gioia entre las llamas.

Con mi mano escaldada lloré silencioso, mientras Salaino celebraba ruidosamente la pesada broma del maestro.

Pero sigo creyendo en la belleza. No seré un gran pintor, y en vano olvidé en San Sepolcro las herramientas de mi padre. No seré un gran pintor, y Gioia casará con el hijo de un mercader. Pero sigo creyendo en la belleza.

Trastornado, salgo del taller y vago al azar por las calles. La belleza está en torno de mí, y llueve oro y azul sobre Florencia la veo en los ojos oscuros de Gioia, y en el porte arrogante de Salaino, tocado con su gorra de abalorios. Y en las orillas del río me detengo a contemplar mis dos manos ineptas.

La luz cede poco a poco y el Campanile recorta en el cielo su perfil sombrío. El panorama de Florencia se oscurece lentamente, como un dibujo sobre el cual se acumulan demasiadas líneas. Una campana deja caer el comienzo de la noche.

Asustado, palpo mi cuerpo y echo a correr temeroso de disolverme en el crepúsculo. En las últimas nubes creo distinguir la sonrisa fría y desencantada del maestro, que hiela mi corazón. Y vuelvo a caminar lentamente, cabizbajo, por calles cada vez más sombrías, seguro de que voy a perderme en el olvido de los hombres.

Eva

Él la perseguía a través de la biblioteca entre mesas, si-
llas y facistoles. Ella se escapaba hablando de los derechos de la mujer, infinitamente violados. Cinco mil años
absurdos los separaban. Durante cinco mil años ella había sido inexorablemente vejada, postergada, reducida a
la esclavitud. Él trataba de justificarse por medio de una
rápida y fragmentaria alabanza personal, dicha con frases entrecortadas y trémulos ademanes.

En vano buscaba él los textos que podían dar apoyo
a sus teorías. La biblioteca, especializada en literatura
española de los siglos XVI y XVII, era un dilatado arsenal
enemigo, que glosaba el concepto del honor y algunas
atrocidades de ese mismo jaez.

El joven citaba infatigablemente a J. J. Bachofen, el
sabio que todas las mujeres debían leer, porque les ha
devuelto la grandeza de su papel en la prehistoria. Si
sus libros estuvieran a mano, él habría puesto a la muchacha ante el cuadro de aquella civilización oscura, re-
gida por la mujer, cuando la tierra tenía en todas partes
una recóndita humedad de entraña y el hombre trataba
de alzarse de ella en palafitos.

Pero a la muchacha todas estas cosas la dejaban fría. Aquel periodo matriarcal, por desgracia no histórico y apenas comprobable, parecía aumentar su resentimiento. Se escapaba siempre de anaquel en anaquel, subía a veces a las escalerillas y abrumaba al joven bajo una lluvia de denuestos. Afortunadamente, en la derrota, algo acudió en auxilio del joven. Se acordó de pronto de Heinz Wölpe. Su voz adquirió, citando a este autor, un nuevo y poderoso acento.

"En el principio sólo había un sexo, evidentemente femenino, que se reproducía automáticamente. Un ser mediocre comenzó a surgir en forma esporádica, llevando una vida precaria y estéril frente a la maternidad formidable. Sin embargo, poco a poco fue apropiándose ciertos órganos esenciales. Hubo un momento en que se hizo imprescindible. La mujer se dio cuenta, demasiado tarde, de que le faltaban ya la mitad de sus elementos y tuvo necesidad de buscarlos en el hombre, que fue hombre en virtud de esa separación progresista y de ese regreso accidental a su punto de origen".

La tesis de Wölpe sedujo a la muchacha. Miró al joven con ternura. "El hombre es un hijo que se ha portado mal con su madre a través de toda la historia", dijo casi con lágrimas en los ojos.

Lo perdonó a él, perdonando a todos los hombres. Su mirada perdió resplandores, bajó los ojos como una madona. Su boca, endurecida antes por el desprecio, se hizo blanda y dulce como un fruto. Él sentía brotar de sus manos y de sus labios caricias mitológicas. Se acercó a Eva temblando y Eva no huyó.

Y allí en la biblioteca, en aquel escenario complicado y negativo, al pie de los volúmenes de conceptuosa literatura, se inició el episodio milenario, a semejanza de la vida en los palafitos.

Pueblerina

Al volver la cabeza sobre el lado derecho para dormir el último, breve y delgado sueño de la mañana, don Fulgencio tuvo que hacer un gran esfuerzo y empitonó la almohada. Abrió los ojos. Lo que hasta entonces fue una blanda sospecha, se volvió certeza puntiaguda.

Con un poderoso movimiento del cuello don Fulgencio levantó la cabeza, y la almohada voló por los aires. Frente al espejo, no pudo ocultarse su admiración, convertido en un soberbio ejemplar de rizado testuz y espléndidas agujas. Profundamente insertados en la frente, los cuernos eran blanquecinos en su base, jaspeados a la mitad, y de un negro aguzado en los extremos.

Lo primero que se le ocurrió a don Fulgencio fue ensayarse el sombrero. Contrariado, tuvo que echarlo hacia atrás: eso le daba un aire de cierta fanfarronería.

Como tener cuernos no es una razón suficiente para que un hombre metódico interrumpa el curso de sus acciones, don Fulgencio emprendió la tarea de su ornato personal, con minucioso esmero, de pies a cabeza. Después de lustrarse los zapatos, don Fulgencio cepilló ligeramente sus cuernos, ya de por sí resplandecientes.

Su mujer le sirvió el desayuno con tacto exquisito. Ni un solo gesto de sorpresa, ni la más mínima alusión que pudiera herir al marido noble y pastueño. Apenas si una suave y temerosa mirada revoloteó un instante, como sin atreverse a posar en las afiladas puntas.

El beso en la puerta fue como el dardo de la divisa. Y don Fulgencio salió a la calle respingando, dispuesto a arremeter contra su nueva vida. Las gentes lo saludaban como de costumbre, pero al cederle la acera un jovenzuelo, don Fulgencio adivinó un esguince lleno de torería. Y una vieja que volvía de misa le echó una de esas miradas estupendas, insidiosa y desplegada como una larga serpentina. Cuando quiso ir contra ella el ofendido, la lechuza entró en su casa como el diestro detrás de un burladero. Don Fulgencio se dio un golpe contra la puerta, cerrada inmediatamente, que le hizo ver las estrellas. Lejos de ser una apariencia, los cuernos tenían que ver con la última derivación de su esqueleto. Sintió el choque y la humillación hasta en la punta de los pies.

Afortunadamente, la profesión de don Fulgencio no sufrió ningún desdoro ni decadencia. Los clientes acudían a él entusiasmados, porque su agresividad se hacía cada vez más patente en el ataque y la defensa. De lejanas tierras venían los litigantes a buscar el patrocinio de un abogado con cuernos.

Pero la vida tranquila del pueblo tomó a su alrededor un ritmo agobiante de fiesta brava, llena de broncas y herraderos. Y don Fulgencio embestía a diestro y siniestro, contra todos, por quítame allá esas pajas. A decir verdad, nadie le echaba sus cuernos en cara, nadie se los veía siquiera. Pero todos aprovechaban la menor distracción para ponerle un buen par de banderillas; cuando menos, los más tímidos se conformaban con hacerle unos burlescos y floridos galleos. Algunos caballeros de estirpe medieval no desdeñaban la ocasión de colocar a don Fulgencio un buen puyazo, desde sus engreídas y honorables alturas. Las serenatas del domingo y las fiestas nacionales daban motivo para improvisar ruidosas capeas populares a base de don Fulgencio, que achuchaba, ciego de ira, a los más atrevidos lidiadores.

Mareado de verónicas, faroles y revoleras, abrumado con desplantes, muletazos y pases de castigo, don Fulgencio llegó a la hora de la verdad lleno de resabios y peligrosos derrotes, convertido en una bestia feroz. Ya no lo invitaban a ninguna fiesta ni ceremonia pública, y su mujer se quejaba amargamente del aislamiento en que la hacía vivir el mal carácter de su marido.

A fuerza de pinchazos, varas y garapullos, don Fulgencio disfrutaba sangrías cotidianas y pomposas hemorragias dominicales. Pero todos los derrames se le iban hacia dentro, hasta el corazón hinchado de rencor.

Su grueso cuello de Miura hacía presentir el instantáneo fin de los pletóricos. Rechoncho y sanguíneo, seguía embistiendo en todas direcciones, incapaz de reposo y de dieta. Y un día que cruzaba la Plaza de Armas, trotando a la querencia, don Fulgencio se detuvo y levantó la cabeza azorado, al toque de un lejano clarín. El sonido se acercaba, entrando en sus orejas como una tromba ensordecedora. Con los ojos nublados, vio abrirse a su alrededor un coso gigantesco; algo así como un Valle de Josafat lleno de prójimos con trajes de luces. La congestión se hundió luego en su espina dorsal, como una estocada hasta la cruz. Y don Fulgencio rodó patas arriba sin puntilla.

A pesar de su profesión, el notorio abogado dejó su testamento en borrador. Allí expresaba, en un sorprendente tono de súplica, la voluntad postrera de que al morir le quitaran los cuernos, ya fuera a serrucho, ya a cincel y martillo. Pero su conmovedora petición se vio traicionada por la diligencia de un carpintero oficioso, que le hizo el regalo de un ataúd especial, provisto de dos vistosos añadidos laterales.

Todo el pueblo acompañó a don Fulgencio en el arrastre, conmovido por el recuerdo de su bravura. Y a pesar del apogeo luctuoso de las ofrendas, las exequias y las tocas de la viuda, el entierro tuvo un no sé qué de jocunda y risueña mascarada.

Sinesio de Rodas

Las páginas abrumadoras de la *Patrología griega* de Paul Migne han sepultado la memoria frágil de Sinesio de Rodas, que proclamó el imperio terrestre de los ángeles del azar.

Con su habitual exageración, Orígenes dio a los ángeles una importancia excesiva dentro de la economía celestial. Por su parte, el piadoso Clemente de Alejandría reconoció por primera vez un ángel guardián a nuestra espalda. Y entre los primeros cristianos del Asia Menor se propagó un afecto desordenado por las multiplicidades jerárquicas.

Entre la masa oscura de los herejes angelólogos, Valentino el Gnóstico y Basílides, su eufórico discípulo, emergen con brillo luciferino. Ellos dieron alas al culto maniático de los ángeles. En pleno siglo II quisieron alzar del suelo pesadísimas criaturas positivas, que llevan hermosos nombres científicos, como Dínamo y Sofía, a cuya progenie bestial debe el género humano sus desdichas.

Menos ambicioso que sus predecesores, Sinesio de Rodas aceptó el Paraíso tal y como fue concebido por los Padres de la Iglesia, y se limitó a vaciarlo de sus ángeles. Dijo que los ángeles viven entre nosotros y que a ellos debemos entregar directamente todas nuestras plegarias, en su calidad de concesionarios y distribuidores exclusivos de las contingencias humanas. Por un mandato supremo, los ángeles dispersan, provocan y acarrean los mil y mil accidentes de la vida. Los hacen cruzar y entretejerse unos con otros, en un movimiento acelerado y aparentemente arbitrario. Pero a los ojos de Dios, van urdiendo una tela de complicados arabescos, mucho más hermosa que el constelado cielo nocturno. Los dibujos del azar se transforman, ante la mirada eterna, en misteriosos signos cabalísticos que narran la aventura del mundo.

Los ángeles de Sinesio, como innumerables y veloces lanzaderas, están tejiendo desde el principio de los tiempos la trama de la vida. Vuelan de un lado a otro, sin cesar, trayendo y llevando voliciones, ideas, vivencias y recuerdos, dentro de un cerebro infinito y comunicante, cuyas células nacen y mueren con la vida efímera de los hombres.

Tentado por el auge maniqueo, Sinesio de Rodas no tuvo inconveniente en alojar en su teoría a las huestes de Lucifer, y admitió los diablos en calidad de saboteadores. Ellos complican la urdimbre sobre la que los ángeles traman; rompen el buen hilo de nuestros pensamientos, alteran los colores puros, se birlan la seda, el oro y la plata, y los suplen con burdo cañamazo. Y la humanidad ofrece a los ojos de Dios su lamentable tapicería, donde aparecen tristemente alteradas las líneas del diseño original.

Sinesio se pasó la vida reclutando operarios que trabajaran del lado de los ángeles buenos, pero no tuvo continuadores dignos de estima. Solamente se sabe que Fausto de Milevio, el patriarca maniqueo, cuando ya viejo y desteñido volvía de aquella memorable entrevista africana en que fue decisivamente vapuleado por San Agustín, se detuvo en Rodas para escuchar las prédicas de Sinesio, que quiso ganarlo para una causa sin porvenir. Fausto escuchó las peticiones del angelófilo con deferencia senil, y aceptó fletar una pequeña y desmantelada embarcación que el apóstol abordó peligrosamente con todos sus discípulos, rumbo a una empresa continental. No se volvió a saber nada de ellos, después de que se alejaron de las costas de Rodas, en un día que presagiaba tempestad.

La herejía de Sinesio careció de renombre y se perdió en el horizonte cristiano sin estela aparente. Ni siquiera obtuvo el honor de ser condenada oficialmente en concilio, a pesar de que Eutiques, abad de Constantinopla, presentó a los sinodales una extensa refutación, que nadie leyó, titulada *Contra Sinesio*.

Su frágil memoria ha naufragado en un mar de páginas: la *Patrología griega* de Paul Migne.

Monólogo del insumiso

Homenaje a M. A.

Poseí a la huérfana la noche misma en que velábamos a
su padre a la luz parpadeante de los cirios. (¡Oh, si pudiera decir esto mismo con otras palabras!)

Como todo se sabe en este mundo, la cosa llegó a oídos del viejecillo que mira nuestro siglo a través de sus
maliciosos quevedos. Me refiero a ese anciano señor
que preside las letras mexicanas tocado con el gorro de
dormir de los memorialistas, y que me vapuleó en plena
calle con su enfurecido bastón, ante la ineficacia de la
policía ciudadana. Recibí también una corrosiva lluvia
de injurias proferidas con voz aguda y furiosa. Y todo
gracias a que el incorrecto patriarca ¡el diablo se lo lleve! estaba enamorado de la dulce muchacha que desde
ahora me aborrece.

¡Ay de mí! Ya me aborrece hasta la lavandera, a pesar de nuestros cándidos y dilatados amores. Y la bella
confidente, a quien el decir popular señala como mi
Dulcinea, no quiso oír ya las quejas del corazón doliente de su poeta. Creo que me desprecian hasta los
perros.

Por fortuna, estas infames habladurías no pueden llegar hasta mi querido público. Yo canto para un auditorio compuesto de recatadas señoritas y de empolvados viejitos positivistas. A ellos la atroz especie no llega; están bien lejos del mundanal ruido. Para ellos sigo siendo el pálido joven que impreca a la divinidad en imperiosos tercetos y que restaña sus lágrimas con una blonda guedeja.

Estoy acribillado de deudas para con los críticos del futuro. Sólo puedo pagar con lo que tengo. Heredé un talego de imágenes gastadas. Pertenezco al género de los hijos pródigos que malgastan el dinero de los antepasados, pero que no pueden hacer fortuna con sus propias manos. Todas las cosas que se me han ocurrido las recibí enfundadas en una metáfora. Y a nadie le he podido contar la atroz aventura de mis noches de solitario, cuando el germen de Dios comienza a crecer de pronto en mi alma vacía.

Hay un diablo que me castiga poniéndome en ridículo. Él me dicta casi todo lo que escribo. Y mi pobre alma cancelada está ahogándose bajo el aluvión de las estrofas.

Sé muy bien que llevando una vida un poco más higiénica y racional podría llegar en buen estado al siglo venidero. Donde una poesía nueva está aguardando a los que logren salvarse de este desastroso siglo XIX. Pero me siento condenado a repetirme y a repetir a los demás.

Ya me imagino mi papel para entonces y veo al joven crítico que me dice con su acostumbrada elegancia: "Usted, querido señor, un poco más atrás, si no le es molesto. Allí, entre los representantes de nuestro romanticismo".

Y yo andaría con mi cabellera llena de telarañas, representando a los ochenta años las antiguas tendencias con poemas cada vez más cavernosos y más inoperantes. No señor. No me dirá usted "un poco más atrás por favor". Me voy desde ahora. Es decir, prefiero quedarme aquí, en esta confortable tumba de romántico, reducido a mi papel de botón tronchado, de semilla aventada por el gélido soplo del escepticismo. Muchas gracias por sus buenas intenciones.

Ya llorarán por mí las señoritas vestidas de color de rosa, al pie de un ahuehuete centenario. Nunca faltará un carcamal positivista que celebre mis bravatas, ni un joven sardónico que comprenda mi secreto, y llore por mí una lágrima oculta.

La gloria, que amé a los dieciocho años, me parece a los veinticuatro algo así como una corona mortuoria que se pudre y apesta en la humedad de una fosa.

Verdaderamente, quisiera hacer algo diabólico, pero no se me ocurre nada.

Cuando menos, me gustaría que no sólo en mi cuarto, sino a través de toda la literatura mexicana, se extendiera un poco este olor de almendras amargas que exhala el licor que a la salud de ustedes, señoras y señores, me dispongo a beber.

El prodigioso miligramo

...moverán prodigiosos miligramos.
Carlos Pellicer

Una hormiga, censurada por la sutileza de sus cargas y por sus frecuentes distracciones, encontró una mañana, al desviarse nuevamente del camino, un prodigioso miligramo.

Sin detenerse a meditar en las consecuencias del hallazgo, cogió el miligramo y se lo puso en la espalda. Comprobó con alegría una carga justa para ella. El peso ideal de aquel objeto daba a su cuerpo extraña energía: como el peso de las alas en el cuerpo de los pájaros. En realidad, una de las causas que anticipan la muerte de las hormigas es la ambiciosa desconsideración de sus propias fuerzas. Después de entregar en el depósito de cereales un grano de maíz, la hormiga que lo ha conducido a través de un kilómetro apenas tiene fuerzas para arrastrar al cementerio su propio cadáver.

La hormiga del hallazgo ignoraba su fortuna, pero sus pasos demostraron la prisa ansiosa del que huye llevando un tesoro. Un vago y saludable sentimiento de reivindicación comenzaba a henchir su espíritu. Después de un larguísimo rodeo, hecho con alegre propósito, se unió al hilo de sus compañeras que regresaban todas, al caer la tarde, con la carga solicitada ese día: pequeños fragmentos de hoja de lechuga cuidadosamente recortados. El camino de las hormigas formaba una delgada y confusa crestería de diminuto verdor. Era imposible engañar a nadie: el miligramo desentonaba violentamente en aquella perfecta uniformidad.

Ya en el hormiguero, las cosas empezaron a agravarse. Las guardianas de la puerta, y las inspectoras situadas en todas las galerías, fueron poniendo objeciones cada vez más serias al extraño cargamento. Las palabras "miligramo" y "prodigioso" sonaron aisladamente, aquí y allá, en labios de algunas entendidas. Hasta que la inspectora en jefe, sentada con gravedad ante una mesa imponente, se atrevió a unirlas diciendo con sorna a la hormiga confundida: "Probablemente nos ha traído usted un prodigioso miligramo. La felicito de todo corazón, pero mi deber es dar parte a la policía".

Los funcionarios del orden público son las personas menos aptas para resolver cuestiones de prodigios y de miligramos. Ante aquel caso imprevisto por el código penal, procedieron con apego a las ordenanzas comunes y corrientes, confiscando el miligramo con hormiga y todo. Como los antecedentes de la acusada eran pésimos, se juzgó que un proceso era de trámite legal. Y las autoridades competentes se hicieron cargo del asunto.

La lentitud habitual de los procedimientos judiciales iba en desacuerdo con la ansiedad de la hormiga, cuya extraña conducta la indispuso hasta con sus propios abogados. Obedeciendo al dictado de convicciones cada vez más profundas, respondía con altivez a todas las preguntas que se le hacían. Propagó el rumor de que se cometían en su caso gravísimas injusticias, y anunció que muy pronto sus enemigos tendrían que reconocer forzosamente la importancia del hallazgo. Tales despropósitos atrajeron sobre ella todas las sanciones existentes. En el colmo del orgullo, dijo que lamentaba formar parte de un hormiguero tan imbécil. Al oír semejantes palabras, el fiscal pidió con voz estentórea una sentencia de muerte.

En esa circunstancia vino a salvarla el informe de un célebre alienista, que puso en claro su desequilibrio mental. Por las noches, en vez de dormir, la prisionera se ponía a darle vueltas a su miligramo, lo pulía cuidadosamente, y pasaba largas horas en una especie de éxtasis contemplativo. Durante el día lo llevaba a cuestas, de un lado a otro, en el estrecho y oscuro calabozo. Se acercó al fin de su vida presa de terrible agitación. Tanto, que la enfermera de guardia pidió tres veces que se le cambiara de celda. La celda era cada vez más grande, pero la agitación de la hormiga aumentaba con el espacio disponible. No hizo el menor caso a las curiosas que iban a contemplar, en número creciente, el espectáculo de su desordenada agonía. Dejó de comer, se negó a recibir a los periodistas y guardó un mutismo absoluto.

Las autoridades superiores decidieron finalmente trasladar a un sanatorio a la hormiga enloquecida. Pero las decisiones oficiales adolecen siempre de lentitud.

Un día, al amanecer, la carcelera halló quieta la celda, y llena de un extraño resplandor. El prodigioso miligramo brillaba en el suelo, como un diamante inflamado de luz propia. Cerca de él yacía la hormiga heroica, patas arriba, consumida y transparente.

La noticia de su muerte y la virtud prodigiosa del miligramo se derramaron como inundación por todas las galerías. Caravanas de visitantes recorrían la celda, improvisada en capilla ardiente. Las hormigas se daban contra el suelo en su desesperación. De sus ojos, deslumbrados por la visión del miligramo, corrían lágrimas en tal abundancia que la organización de los funerales se vio complicada con un problema de drenaje. A falta de ofrendas florales suficientes, las hormigas saqueaban los depósitos para cubrir el cadáver de la víctima con pirámides de alimentos.

El hormiguero vivió días indescriptibles, mezcla de admiración, de orgullo y de dolor. Se organizaron exequias suntuosas, colmadas de bailes y banquetes. Rápidamente se inició la construcción de un santuario para el miligramo, y la hormiga incomprendida y asesinada obtuvo el honor de un mausoleo. Las autoridades fueron depuestas y acusadas de inepcia.

A duras penas logró funcionar poco después un consejo de ancianas que puso término a la prolongada etapa de orgiásticos honores. La vida volvió a su curso normal gracias a innumerables fusilamientos. Las ancianas más sagaces derivaron entonces la corriente de admiración devota que despertó el miligramo a una forma cada vez más rígida de religión oficial. Se nombraron guardianas y oficiantes. En torno al santuario fue surgiendo un círculo de grandes edificios, y una extensa burocracia comenzó a ocuparlos en rigurosa jerarquía. La capacidad del floreciente hormiguero se vio seriamente comprometida.

Lo peor de todo fue que el desorden, expulsado de la superficie, prosperaba con vida inquietante y subterránea. Aparentemente, el hormiguero vivía tranquilo y compacto, dedicado al trabajo y al culto, pese al gran número de funcionarias que se pasaban la vida desempeñando tareas cada vez menos estimables. Es imposible decir cuál hormiga albergó en su mente los primeros pensamientos funestos. Tal vez fueron muchas que pensaron al mismo tiempo, cayendo en la tentación.

En todo caso, se trataba de hormigas ambiciosas y ofuscadas que consideraron, blasfemas, la humilde condición de la hormiga descubridora. Entrevieron la posibilidad de que todos los homenajes tributados a la gloriosa difunta les fueran discernidos a ellas en vida. Empezaron a tomar actitudes sospechosas. Divagadas y melancólicas, se extraviaban adrede del camino y volvían al hormiguero con las manos vacías. Contestaban a las inspectoras sin disimular su arrogancia; frecuentemente se hacían pasar por enfermas y anunciaban para muy pronto un hallazgo sensacional. Y las propias autoridades no podían evitar que una de aquellas lunáticas llegara el día menos pensado con un prodigio sobre sus débiles espaldas.

Las hormigas comprometidas obraban en secreto y, digámoslo así, por cuenta propia. De haber sido posible un interrogatorio general, las autoridades habrían llegado a la conclusión de que un cincuenta por ciento de las hormigas, en lugar de preocuparse por mezquinos cereales y frágiles hortalizas, tenía los ojos puestos en la incorruptible sustancia del miligramo.

Un día ocurrió lo que debía ocurrir. Como si se hubieran puesto de acuerdo, seis hormigas comunes y corrientes, que parecían de las más normales, llegaron al hormiguero con sendos objetos extraños que hicieron pasar, ante la general expectación, por miligramos de prodigio. Naturalmente, no obtuvieron los honores que esperaban, pero fueron exoneradas ese mismo día de todo servicio. En una ceremonia casi privada, se les otorgó el derecho a disfrutar una renta vitalicia.

Acerca de los seis miligramos, fue imposible decir nada en concreto. El recuerdo de la imprudencia anterior apartó a las autoridades de todo propósito judicial. Las ancianas se lavaron las manos en consejo, y dieron a la población una amplia libertad de juicio. Los supuestos miligramos se ofrecieron a la admiración pública en las vitrinas de un modesto recinto, y todas las hormigas opinaron según su leal saber y entender.

Esta debilidad por parte de las autoridades, sumada al silencio culpable de la crítica, precipitó la ruina del hormiguero. De allí en adelante cualquier hormiga, agotada por el trabajo o tentada por la pereza, podía reducir sus ambiciones de gloria a los límites de una pensión vitalicia, libre de obligaciones serviles. Y el hormiguero comenzó a llenarse de falsos miligramos.

En vano algunas hormigas viejas y sensatas recomendaron medidas precautorias, tales como el uso de balanzas y la confrontación minuciosa de cada nuevo miligramo con el modelo original. Nadie les hizo caso. Sus proposiciones, que ni siquiera fueron discutidas en asamblea, hallaron punto final en las palabras de una hormiga flaca y descolorida que proclamó abiertamente y en voz alta sus opiniones personales. Según la irreverente, el famoso miligramo original, por más prodigioso que fuera, no tenía por qué sentar un precedente de calidad. Lo prodigioso no debía ser impuesto en ningún caso como una condición forzosa a los nuevos miligramos encontrados.

El poco de circunspección que les quedaba a las hormigas desapareció en un momento. En adelante las autoridades fueron incapaces de reducir o tasar la cuota de objetos que el hormiguero podía recibir diariamente bajo el título de miligramos. Se negó cualquier derecho de veto, y ni siquiera lograron que cada hormiga cumpliera con sus obligaciones. Todas quisieron eludir su condición de trabajadoras, mediante la búsqueda de miligramos.

El depósito para esta clase de artículos llegó a ocupar las dos terceras partes del hormiguero, sin contar las colecciones particulares, algunas de ellas famosas por la valía de sus piezas. Respecto a los miligramos comunes y corrientes, descendió tanto su precio que en los días de mayor afluencia se podían obtener a cambio de una bicoca. No debe negarse que de cuando en cuando llegaban al hormiguero algunos ejemplares estimables. Pero corrían la suerte de las peores bagatelas. Legiones de aficionadas se dedicaron a exaltar el mérito de los miligramos de más baja calidad, fomentando así un general desconcierto.

En su desesperación de no hallar miligramos auténticos, muchas hormigas acarreaban verdaderas obscenidades e inmundicias. Galerías enteras fueron clausuradas por razones de salubridad. El ejemplo de una hormiga extravagante hallaba al día siguiente millares de imitadoras. A costa de grandes esfuerzos, y empleando todas sus reservas de sentido común, las ancianas del consejo seguían llamándose autoridades y hacían vagos ademanes de gobierno.

Las burócratas y las responsables del culto, no contentas con su holgada situación, abandonaron el templo y las oficinas para echarse a la busca de miligramos, tratando de aumentar gajes y honores. La policía dejó prácticamente de existir, y los motines y las revoluciones eran cotidianos. Bandas de asaltantes profesionales aguardaban en las cercanías del hormiguero para despojar a las afortunadas que volvían con un miligramo valioso. Coleccionistas resentidas denunciaban a sus rivales y promovían largos juicios, buscando la venganza del cateo y la expropiación. Las disputas dentro de las galerías degeneraban fácilmente en riñas, y éstas en asesinatos... El índice de mortalidad alcanzó una cifra pavorosa. Los nacimientos disminuyeron de manera alarmante, y las criaturas, faltas de atención adecuada, morían por centenares.

El santuario que custodiaba el miligramo verdadero se convirtió en tumba olvidada. Las hormigas, ocupadas en la discusión de los hallazgos más escandalosos, ni siquiera acudían a visitarlo. De vez en cuando, las devotas rezagadas llamaban la atención de las autoridades sobre su estado de ruina y de abandono. Lo más que se conseguía era un poco de limpieza. Media docena de irrespetuosas barrenderas daban unos cuantos escobazos, mientras decrépitas ancianas pronunciaban largos discursos y cubrían la tumba de la hormiga con deplorables ofrendas, hechas casi de puros desperdicios.

Sepultado entre nubarrones de desorden, el prodigioso miligramo brillaba en el olvido. Llegó incluso a circular la especie escandalosa de que había sido robado por manos sacrílegas. Una copia de mala calidad suplantaba al miligramo auténtico, que pertenecía ya a la colección de una hormiga criminal, enriquecida en el comercio de miligramos. Rumores sin fundamento, pero nadie se inquietaba ni se conmovía; nadie llevaba a cabo una investigación que les pusiera fin. Y las ancianas del consejo, cada día más débiles y achacosas, se cruzaban de brazos ante el desastre inminente.

El invierno se acercaba, y la amenaza de muerte detuvo el delirio de las imprevisoras hormigas. Ante la crisis alimenticia, las autoridades decidieron ofrecer en venta un gran lote de miligramos a una comunidad vecina, compuesta de acaudaladas hormigas. Todo lo que consiguieron fue deshacerse de unas cuantas piezas de verdadero mérito, por un puñado de hortalizas y cereales. Pero se les hizo una oferta de alimentos suficientes para todo el invierno, a cambio del miligramo original.

El hormiguero en bancarrota se aferró a su miligramo como a una tabla de salvación. Después de interminables conferencias y discusiones, cuando ya el hambre mermaba el número de las supervivientes en beneficio de las hormigas ricas, éstas abrieron la puerta de su casa a las dueñas del prodigio. Contrajeron la obligación de alimentarlas hasta el fin de sus días, exentas de todo servicio. Al ocurrir la muerte de la última hormiga extranjera, el miligramo pasaría a ser propiedad de las compradoras.

¿Hay que decir lo que ocurrió poco después en el nuevo hormiguero? Las huéspedes difundieron allí el germen de su contagiosa idolatría.

Actualmente las hormigas afrontan una crisis universal. Olvidando sus costumbres, tradicionalmente prácticas y utilitarias, se entregan en todas partes a una desenfrenada búsqueda de miligramos. Comen fuera del hormiguero, y sólo almacenan sutiles y deslumbrantes objetos. Tal vez muy pronto desaparezcan como especie zoológica y solamente nos quedará, encerrado en dos o tres fábulas ineficaces, el recuerdo de sus antiguas virtudes.

Nabónides

El propósito original de Nabónides, según el profesor
Rabsolom, era simplemente restaurar los tesoros arqueo-
lógicos de Babilonia. Había visto con tristeza las gastadas piedras de los santuarios, las borrosas estelas de los
héroes y los sellos anulares que dejaban una impronta
ilegible sobre los documentos imperiales. Emprendió
sus restauraciones metódicamente y no sin una cierta
parsimonia. Desde luego, se preocupó por la calidad de
los materiales, eligiendo las piedras de grano más fino y
cerrado.

Cuando se le ocurrió copiar de nuevo las ochocientas mil tabletas de que constaba la biblioteca babilóni-
ca, tuvo que fundar escuelas y talleres para escribas,
grabadores y alfareros. Distrajo de sus puestos adminis-
trativos un buen número de empleados y funcionarios,
desafiando las críticas de los jefes militares que pedían
soldados y no escribas para apuntalar el derrumbe del
imperio, trabajosamente erigido por los antepasados
heroicos, frente al asalto envidioso de las ciudades veci-
nas. Pero Nabónides, que veía por encima de los siglos,
comprendió que la historia era lo que importaba. Se en-

tregó denodadamente a su tarea, mientras el suelo se le iba de los pies.

Lo más grave fue que una vez consumadas todas las restauraciones, Nabónides no pudo cesar ya en su labor de historiador. Volviendo definitivamente la espalda a los acontecimientos, sólo se dedicaba a relatarlos sobre piedra o sobre arcilla. Esta arcilla, inventada por él a base de marga y asfalto, ha resultado aún más indestructible que la piedra. (El profesor Rabsolom es quien ha establecido la fórmula de esa pasta cerámica. En 1913 encontró una serie de piezas enigmáticas, especie de cilindros o pequeñas columnas, que se hallaban revestidas con esa sustancia misteriosa. Adivinando la presencia de una escritura oculta, Rabsolom comprendió que la capa de asfalto no podía ser retirada sin destruir los caracteres. Ideó entonces el procedimiento siguiente: vació a cincel la piedra interior, y luego, por medio de un desincrustante que ataca los residuos depositados en las huellas de la escritura, obtuvo cilindros huecos. Por medio de sucesivos vaciados seccionales, logró hacer cilindros de yeso que presentaron la intacta escritura original. El profesor Rabsolom sostiene, atinadamente, que Nabónides procedió de este modo incomprensible previendo una invasión enemiga con el habitual acompañamiento de furia iconoclasta. Afortunadamente, no tuvo tiempo de ocultar así todas sus obras.)[1]

Como la muchedumbre de operarios era insuficiente, y la historia acontecía con rapidez, Nabónides se

---

[1]   Los que quieran profundizar en el tema pueden leer con provecho la extensa monografía de Adolf von Pinches, *Nabonidzylinder*, Jena, 1912.

convirtió también en lingüista y en gramático: quiso simplificar el alfabeto, creando una especie de taquigrafía. De hecho, complicó la escritura plagándola de abreviaturas, omisiones y siglas que ofrecen toda una serie de nuevas dificultades al profesor Rabsolom. Pero así logró llegar Nabónides hasta sus propios días, con entusiasmada minuciosidad; alcanzó a escribir la historia de su historia y la somera clave de sus abreviaturas, pero con tal afán de síntesis, que este relato sería tan extenso como la *Epopeya de Gilgamesh*, si se le compara con las últimas concisiones de Nabónides.

Hizo redactar también —Rabsolom dice que la redactó él mismo— una historia de sus hipotéticas hazañas militares, él, que abandonó su lujosa espada en el cuerpo del primer guerrero enemigo. En el fondo, tal historia era un pretexto más para esculpir tabletas, estelas y cilindros.

Pero los adversarios persas fraguaban desde lejos la perdición del soñador. Un día llegó a Babilonia el urgente mensaje de Creso, con quien Nabónides había concertado una alianza. El rey historiador mandó grabar en un cilindro el mensaje y el nombre del mensajero, la fecha y las condiciones del pacto. Pero no acudió al llamado de Creso. Pero después, los persas cayeron por sorpresa en la ciudad, dispersando el laborioso ejército de escribas. Los guerreros babilonios, descontentos, combatieron apenas, y el imperio cayó para no alzarse más de sus escombros.

La historia nos ha trasmitido dos oscuras versiones acerca de la muerte de su fiel servidor. Una de ellas lo sacrifica a manos de un usurpador, en los días trágicos de la invasión persa. La otra nos dice que fue hecho prisionero y llevado a una isla lejana. Allí murió de tristeza, repasando en la memoria el repertorio de la grandeza babilonia. Esta última versión es la que se acomoda mejor a la índole apacible de Nabónides.

El faro

Lo que hace Genaro es horrible. Se sirve de armas imprevistas. Nuestra situación se vuelve asquerosa.

Ayer, en la mesa, nos contó una historia de cornudo. Era en realidad graciosa, pero como si Amelia y yo pudiéramos reírnos, Genaro la estropeó con sus grandes carcajadas falsas. Decía: "¿Es que hay algo más chistoso?" Y se pasaba la mano por la frente, encogiendo los dedos, como buscándose algo. Volvía a reír: "¿Cómo se sentirá llevar cuernos?" No tomaba en cuenta para nada nuestra confusión.

Amelia estaba desesperada. Yo tenía ganas de insultar a Genaro, de decirle toda la verdad a gritos, de salirme corriendo y no volver nunca. Pero como siempre, algo me detenía. Amelia tal vez, aniquilada en la situación intolerable.

Hace ya algún tiempo que la actitud de Genaro nos sorprendía. Se iba volviendo cada vez más tonto. Aceptaba explicaciones increíbles, daba lugar y tiempo para nuestras más descabelladas entrevistas. Hizo diez veces la comedia del viaje, pero siempre volvió el día previsto. Nos absteníamos inútilmente en su ausencia. De regreso, traía pequeños regalos y nos estrechaba de modo inmoral, besándonos casi el cuello, teniéndonos excesivamente contra su pecho. Amelia llegó a desfallecer de repugnancia entre semejantes abrazos.

Al principio hacíamos las cosas con temor, creyendo correr un gran riesgo. La impresión de que Genaro iba a descubrirnos en cualquier momento, teñía nuestro amor de miedo y de vergüenza. La cosa era clara y limpia en este sentido. El drama flotaba realmente sobre nosotros, dando dignidad a la culpa. Genaro lo ha echado a perder. Ahora estamos envueltos en algo turbio, denso y pesado. Nos amamos con desgana, hastiados, como esposos. Hemos adquirido poco a poco la costumbre insípida de tolerar a Genaro. Su presencia es insoportable porque no nos estorba; más bien facilita la rutina y provoca el cansancio.

A veces, el mensajero que nos trae las provisiones dice que la supresión de este faro es un hecho. Nos alegramos Amelia y yo, en secreto. Genaro se aflige visiblemente: "¿A dónde iremos?", nos dice. "¡Somos aquí tan felices!" Suspira. Luego, buscando mis ojos: "Tú vendrás con nosotros, a dondequiera que vayamos". Y se queda mirando el mar con melancolía.

In memoriam

El lujoso ejemplar en cuarto mayor con pastas de cuero repujado, tenue de olor a tinta recién impresa en fino papel de Holanda, cayó como una pesada lápida mortuoria sobre el pecho de la baronesa viuda de Büssenhausen.

La noble señora leyó entre lágrimas la dedicatoria de dos páginas, compuesta en reverentes unciales germánicas. Por consejo amistoso, ignoró los cincuenta capítulos de la *Historia comparada de las relaciones sexuales*, gloria imperecedera de su difunto marido, y puso en un estuche italiano aquel volumen explosivo.

Entre los libros científicos redactados sobre el tema, la obra del barón Büssenhausen se destaca de modo casi sensacional, y encuentra lectores entusiastas en un público cuya diversidad mueve a envidia hasta a los más austeros hombres de estudio. (La traducción abreviada en inglés ha sido un *bestseller.*)

Para los adalides del materialismo histórico, este libro no es más que una enconada refutación de Engels. Para los teólogos, el empeño de un luterano que dibuja en la arena del hastío círculos de esmerado infierno.

Los psicoanalistas, felices, bucean en un mar de dos mil páginas de pretendida subconsciencia. Sacan a la superficie datos nefandos: Büssenhausen es el pervertido que traduce en su lenguaje impersonal la historia de un alma atormentada por las más extraviadas pasiones. Allí están todos sus devaneos, ensueños libidinosos y culpas secretas, atribuidos siempre a inesperadas comunidades primitivas, a lo largo de un arduo y triunfante proceso de sublimación.

El reducido grupo de los antropólogos especialistas niega a Büssenhausen el nombre de colega. Pero los críticos literarios le otorgan su mejor fortuna. Todos están de acuerdo en colocar el libro dentro del género novelístico, y no escatiman el recuerdo de Marcel Proust y de James Joyce. Según ellos, el barón se entregó a la búsqueda infructuosa de las horas perdidas en la alcoba de su mujer. Centenares de páginas estancadas narran el ir y venir de un alma pura, débil y dubitativa, del ardiente Venusberg conyugal a la gélida cueva del cenobita libresco.

Sea de ello lo que fuere y, mientras viene la calma, los amigos más fieles han tendido alrededor del castillo Büssenhausen una afectuosa red protectora que intercepta los mensajes del exterior. En las desiertas habitaciones señoriales la baronesa sacrifica galas todavía no marchitas, pese a su edad otoñal. (Es hija de un célebre entomólogo, ya desaparecido, y de una poetisa que vive.)

Cualquier lector medianamente dotado puede extraer de los capítulos del libro más de una conclusión turbadora. Por ejemplo, la de que el matrimonio surgió en tiempos remotos como un castigo impuesto a las parejas que violaban el tabú de endogamia. Encarcelados en el *home*, los culpables sufrían las inclemencias de la intimidad absoluta, mientras sus prójimos se entregaban afuera a los irresponsables deleites del más libre amor.

Dando muestra de fina sagacidad, Büssenhausen define el matrimonio como un rasgo característico de la crueldad babilonia. Y su imaginación alcanza envidiable altura cuando nos describe la asamblea primitiva de Samarra, dichosamente prehamurábica. El rebaño vivía alegre y despreocupado, distribuyéndose el generoso azar de la caza y la cosecha, arrastrando su tropel de hijos comunales. Pero a los que sucumbían al ansia prematura o ilegal de posesión, se les condenaba en buena especie a la saciedad atroz del manjar apetecido.

Derivar de allí modernas conclusiones psicológicas es tarea que el barón realiza, por así decirlo, con una mano en la cintura. El hombre pertenece a una especie animal llena de pretensiones ascéticas. Y el matrimonio, que en un principio fue castigo formidable, se volvió poco después un apasionado ejercicio de neuróticos, un increíble pasatiempo de masoquistas. El barón no se detiene aquí. Agrega que la civilización ha hecho muy bien en apretar los lazos conyugales. Felicita a todas las religiones que convirtieron el matrimonio en disciplina espiritual. Expuestas a un roce continuo, dos almas tienen la posibilidad de perfeccionarse hasta el máximo pulimento, o de reducirse a polvo.

"Científicamente considerado, el matrimonio es un molino prehistórico en el que dos piedras mejas se muelen a sí mismas, interminablemente, hasta la muerte". Son palabras textuales del autor. Le faltó añadir que a su tibia alma de creyente, porosa y caliza, la baronesa oponía una índole de cuarzo, una consistencia de valquiria. (A estas horas, en la soledad de su lecho, la viuda gira impávidas aristas radiales sobre el recuerdo impalpable del pulverizado barón.)

El libro de Büssenhausen podría ser fácilmente desdeñado si sólo contuviera los escrúpulos personales y las represiones de un marido chapado a la antigua, que nos abruma con sus dudas acerca de que podamos salvarnos sin tomar en cuenta el alma ajena, presta a sucumbir a nuestro lado, víctima del aburrimiento, de la hipocresía, de los odios menudos, de la melancolía perniciosa. Lo grave está en que el barón apoya con una masa de datos cada una de sus divagaciones. En la página más descabellada, cuando lo vemos caer vertiginosamente en un abismo de fantasía, nos sale de pronto con una prueba irrefutable entre sus manos de náufrago. Si al hablar de la prostitución hospitalaria Malinowski le falla en las islas Marquesas, allí está para servirle Alf Theodorsen desde su congelada aldea de lapones. No caben dudas al respecto. Si el barón se equivoca, debemos confesar que la ciencia se pone curiosamente de acuerdo para equivocarse con él. A la imaginación creadora y desbordante de un LévyBrühl, añade la perspicacia de un Frazer, la exactitud de un Wilhelm Eilers, y de vez en cuando, por fortuna, la suprema aridez de un Franz Boas.

Sin embargo, el rigor científico del barón decae con frecuencia y da lugar a ciertas páginas de gelatina. En más de un pasaje la lectura es sumamente penosa, y el volumen adquiere un peso visceral, cuando la falsa paloma de Venus bate alas de murciélago, o cuando se oye el rumor de Píramo y Tisbe que roen, cada uno por su lado, un espeso muro de confitura. Nada más justo que perdonar los deslices de un hombre que se pasó treinta años en el molino, con una mujer abrasiva, de quien lo separaban muchos grados en la escala de la dureza humana.

Desoyendo la algarabía escandalizada y festiva de los que juzgan la obra del barón como un nuevo resumen de historia universal, disfrazado y pornográfico, nosotros nos unimos al reducido grupo de los espíritus selectos que adivinan en la *Historia comparada de las relaciones sexuales* una extensa epopeya doméstica, consagrada a una mujer de temple troyano. La perfecta casada en cuyo honor se rindieron miles y miles de pensamientos subversivos, acorralados en una dedicatoria de dos páginas, compuesta en reverentes unciales germánicas: la baronesa Gunhild de Büssenhausen, *née* condesa de Magneburg-Hohenheim.

Baltasar Gérard
[1555-1582]

Ir a matar al príncipe de Orange. Ir a matarlo y cobrar luego los veinticinco mil escudos que ofreció Felipe II por su cabeza. Ir a pie, solo, sin recursos, sin pistola, sin cuchillo, creando el género de los asesinos que piden a su víctima el dinero que hace falta para comprar el arma del crimen, tal fue la hazaña de Baltasar Gérard, un joven carpintero de Dôle.

A través de una penosa persecución por los Países Bajos, muerto de hambre y de fatiga, padeciendo incontables demoras entre los ejércitos españoles y flamencos, logró abrirse paso hasta su víctima. En dudas, rodeos y retrocesos invirtió tres años y tuvo que soportar la vejación de que Gaspar Añastro le tomara la delantera.

El portugués Gaspar Añastro, comerciante en paños, no carecía de imaginación, sobre todo ante un señuelo de veinticinco mil escudos. Hombre precavido, eligió cuidadosamente el procedimiento y la fecha del crimen. Pero a última hora decidió poner un intermediario entre su cerebro y el arma: Juan Jáuregui la empuñaría por él.

Juan Jáuregui, jovenzuelo de veinte años, era tímido de por sí. Pero Añastro logró templar su alma hasta el heroísmo, mediante un sistema de sutiles coacciones cuya secreta clave se nos escapa. Tal vez lo abrumó con lecturas heroicas; tal vez lo proveyó de talismanes; tal vez lo llevó metódicamente hacia un consciente suicidio.

Lo único que sabemos con certeza es que el día señalado por su patrón (18 de marzo de 1582), y durante los festivales celebrados en Amberes para honrar al duque de Anjou en su cumpleaños, Jáuregui salió al paso de la comitiva y disparó sobre Guillermo de Orange a quemarropa. Pero el muy imbécil había cargado el cañón de la pistola hasta la punta. El arma estalló en su mano como una granada. Una esquirla de metal traspasó la mejilla del príncipe. Jáuregui cayó al suelo, entre el séquito, acribillado por violentas espadas.

Durante diecisiete días Gaspar Añastro esperó inútilmente la muerte del príncipe. Hábiles cirujanos lograron contener la hemorragia, taponando con sus dedos, día y noche, la arteria destrozada. Guillermo se finalmente, y el portugués, que tenía en el bolsillo el testamento de Jáuregui a favor suyo, se llevó la más amarga desilusión de su vida. Maldijo la imprudencia de confiar en un joven inexperto.

Poco tiempo después la fortuna sonrió para Baltasar Gérard, que recibía de lejos las trágicas noticias. La supervivencia del príncipe, cuya vida parecía estarle reservada, le dio nuevas fuerzas para continuar sus planes, hasta entonces vagos y llenos de incertidumbre.

En mayo logró llegar hasta el príncipe, en calidad de emisario del ejército. Pero no llevaba consigo ni siquiera un alfiler. Difícilmente pudo calmar su desesperación mientras duraba la entrevista. En vano ensayó mentalmente sus manos enflaquecidas sobre el grueso cuello del flamenco. Sin embargo, logró obtener una nueva comisión. Guillermo lo designó para volver al frente, a una ciudad situada en la frontera francesa. Pero Baltasar ya no pudo resignarse a un nuevo alejamiento.

Descorazonado y caviloso, vagó durante dos meses en los alrededores del palacio de Delft. Vivió con la mayor miseria, casi de limosna, tratando de congraciarse lacayos y cocineros. Pero su aspecto extranjero y miserable a todos inspiraba desconfianza.

Un día lo vio el príncipe desde una de las ventanas del palacio y mandó un criado a reconvenirlo por su negligencia. Baltasar respondió que carecía de ropas para el viaje, y que sus zapatos estaban materialmente destrozados. Conmovido, Guillermo le envió doce coronas.

Radiante, Baltasar fue corriendo en busca de un par de magníficas pistolas, bajo el pretexto de que los caminos eran inseguros para un mensajero como él. Las cargó cuidadosamente y volvió al palacio. Diciendo que iba en busca de pasaporte, llegó hasta el príncipe y expresó su petición con voz hueca y conturbada. Se le dijo que esperara un poco en el patio. Invirtió el tiempo disponible planeando su fuga, mediante un rápido examen del edificio.

Poco después, cuando Guillermo de Orange en lo alto de la escalera despedía a un personaje arrodillado, Baltasar salió bruscamente de su escondite, y disparó con puntería excelente. El príncipe alcanzó a murmurar unas palabras y rodó por la alfombra, agonizante.

En medio de la confusión, Baltasar huyó a las caballerizas y los corrales del palacio, pero no pudo saltar, extenuado, la tapia de un huerto. Allí fue apresado por dos cocineros. Conducido a la portería, mantuvo un grave y digno continente. No se le hallaron encima más que unas estampas piadosas y un par de vejigas desinfladas con las que pretendía —mal nadador— cruzar los ríos y canales que le salieran al paso.

Naturalmente, nadie pensó en la dilación de un proceso. La multitud pedía ansiosa la muerte del regicida. Pero hubo que esperar tres días, en atención a los funerales del príncipe.

Baltasar Gérard fue ahorcado en la plaza pública de Delft, ante una multitud encrespada que él miró con desprecio desde el arrecife del cadalso. Sonrió ante la torpeza de un carpintero que hizo volar un martillo por los aires. Una mujer conmovida por el espectáculo estuvo a punto de ser linchada por la animosa muchedumbre.

Baltasar rezó sus oraciones con voz clara y distinta, convencido de su papel de héroe. Subió sin ayuda la escalerilla fatal.

Felipe II pagó puntualmente los veinticinco mil escudos de recompensa a la familia del asesino.

Baby H. P.

Señora ama de casa: convierta usted en fuerza motriz la vitalidad de sus niños. Ya tenemos a la venta el maravilloso Baby H.P., un aparato que está llamado a revolucionar la economía hogareña.

El Baby H.P. es una estructura de metal muy resistente y ligera que se adapta con perfección al delicado cuerpo infantil, mediante cómodos cinturones, pulseras, anillos y broches. Las ramificaciones de este esqueleto suplementario recogen cada uno de los movimientos del niño, haciéndolos converger en una botellita de Leyden que puede colocarse en la espalda o en el pecho, según necesidad. Una aguja indicadora señala el momento en que la botella está llena. Entonces usted, señora, debe desprenderla y enchufarla en un depósito especial, para que se descargue automáticamente. Este depósito puede colocarse en cualquier rincón de la casa, y representa una preciosa alcancía de electricidad disponible en todo momento para fines de alumbrado y calefacción, así como para impulsar alguno de los innumerables artefactos que invaden ahora, y para siempre, los hogares.

De hoy en adelante usted verá con otros ojos el agobiante ajetreo de sus hijos. Y ni siquiera perderá la paciencia ante una rabieta convulsiva, pensando que es fuente generosa de energía. El pataleo de un niño de pecho durante las veinticuatro horas del día se transforma, gracias al Baby H. P., en unos útiles segundos de tromba licuadora, o en quince minutos de música radiofónica.

Las familias numerosas pueden satisfacer todas sus demandas de electricidad instalando un Baby H.P. en cada uno de sus vástagos, y hasta realizar un pequeño y lucrativo negocio, trasmitiendo a los vecinos un poco de la energía sobrante. En los grandes edificios de departamentos pueden suplirse satisfactoriamente las fallas del servicio público, enlazando todos los depósitos familiares.

El Baby H.P. no causa ningún trastorno físico ni psíquico en los niños, porque no cohíbe ni trastorna sus movimientos. Por el contrario, algunos médicos opinan que contribuye al desarrollo armonioso de su cuerpo. Y por lo que toca a su espíritu, puede despertarse la ambición individual de las criaturas, otorgándoles pequeñas recompensas cuando sobrepasen sus récords habituales. Para este fin se recomiendan las golosinas azucaradas, que devuelven con creces su valor. Mientras más calorías se añadan a la dieta del niño, más kilovatios se economizan en el contador eléctrico.

Los niños deben tener puesto día y noche su lucrativo H.P. Es importante que lo lleven siempre a la escuela, para que no se pierdan las horas preciosas del recreo, de las que ellos vuelven con el acumulador rebosante de energía.

Los rumores acerca de que algunos niños mueren electrocutados por la corriente que ellos mismos generan son completamente irresponsables. Lo mismo debe decirse sobre el temor supersticioso de que las criaturas provistas de un Baby H.P. atraen rayos y centellas. Ningún accidente de esta naturaleza puede ocurrir, sobre todo si se siguen al pie de la letra las indicaciones contenidas en los folletos explicativos que se obsequian con cada aparato.

El Baby H.P. está disponible en las buenas tiendas en distintos tamaños, modelos y precios. Es un aparato moderno, durable y digno de confianza, y todas sus coyunturas son extensibles. Lleva la garantía de fabricación de la casa J. P. Mansfield & Sons, de Atlanta, 111.

Anuncio

Dondequiera que la presencia de la mujer es difícil, onerosa o perjudicial, ya sea en la alcoba del soltero, ya en el campo de concentración, el empleo de Plastisex© es sumamente recomendable. El ejército y la marina, así como algunos directores de establecimientos penales y docentes, proporcionan a los reclutas el servicio de estas atractivas e higiénicas criaturas.

Ahora nos dirigimos a usted, dichoso o desafortunado en el amor. Le proponemos la mujer que ha soñado toda la vida: se maneja por medio de controles automáticos y está hecha de materiales sintéticos que reproducen a voluntad las características más superficiales o recónditas de la belleza femenina. Alta y delgada, menuda y redonda, rubia o morena, pelirroja o platinada: todas están en el mercado. Ponemos a su disposición un ejército de artistas plásticos, expertos en la escultura y el diseño, la pintura y el dibujo; hábiles artesanos del moldeado y el vaciado; técnicos en cibernética y electrónica, pueden desatar para usted una momia de la decimoctava dinastía o sacarle de la tina a la más rutilante

81

estrella de cine, salpicada todavía por el agua y las sales del baño matinal.

Tenemos listas para ser enviadas todas las bellezas famosas del pasado y del presente, pero atendemos cualquier solicitud y fabricamos modelos especiales. Si los encantos de Madame Récamier no le bastan para olvidar a la que lo dejó plantado, envíenos fotografías, documentos, medidas, prendas de vestir y descripciones entusiastas. Ella quedará a sus órdenes mediante un tablero de controles no más difícil de manejar que los botones de un televisor.

Si usted quiere y dispone de recursos suficientes, ella puede tener ojos de esmeralda, de turquesa o de azabache legítimo, labios de coral o de rubí, dientes de perlas y... etcétera, etcétera. Nuestras damas son totalmente indeformables e inarrugables, conservan la suavidad de su tez y la turgencia de sus líneas, dicen que sí en todos los idiomas vivos y muertos de la Tierra, cantan y se mueven al compás de los ritmos de moda. El rostro se presenta maquillado de acuerdo con los modelos originales, pero pueden hacerse toda clase de variantes, al gusto de cada quién, mediante los cosméticos apropiados.

La boca, las fosas nasales, la cara interna de los párpados y las demás regiones mucosas, están hechas con suavísima esponja, saturada con sustancias nutritivas y estuosas, de viscosidad variable y con diferentes índices afrodisiacos y vitamínicos, extraídas de algas marinas y plantas medicinales. "Hay leche y miel bajo tu lengua...", dice el *Cantar de tos cantares*. Usted puede emular los placeres de Salomón; haga una mixtura con leche de cabra y miel de avispas; llene con ella el depósito craneano de su Plastisex©, sazónela al aporto o al benedictine: sentirá que los ríos del paraíso fluyen a su boca en el largo beso alimenticio. (Hasta ahora, nos hemos reservado bajo patente el derecho de adaptar las glándulas mamarias como redomas de licor.)

Nuestras venus están garantizadas para un servicio perfecto de diez años —duración promedio de cualquier esposa—, salvo los casos en que sean sometidas a prácticas anormales de sadismo. Como en todas las de carne y hueso, su peso es rigurosamente específico y el noventa por ciento corresponde al agua que circula por las finísimas burbujas de su cuerpo esponjado, caldeada por un sistema venoso de calefacción eléctrica. Así se obtiene la ilusión perfecta del desplazamiento de los músculos bajo la piel, y el equilibrio hidrostático de las masas carnosas durante el movimiento. Cuando el termostato se lleva a un grado de temperatura febril, una tenue exudación salina aflora a la superficie cutánea. El agua no sólo cumple funciones físicas de plasticidad variable, sino también claramente fisiológicas e higiénicas: haciéndola fluir intensamente de dentro hacia fuera, asegura la limpieza rápida y completa de las Plastisex©.

Un armazón de magnesio, irrompible hasta en los más apasionados abrazos y finamente diseñado a partir del esqueleto humano, asegura con propiedad todos los movimientos y posiciones de la Plastisex©. Con un poco de práctica, se puede bailar, luchar, hacer ejercicios gimnásticos o acrobáticos y producir en su cuerpo reacciones de acogida o rechazo más o menos enérgicas. (Aunque sumisas, las Plastisex© son sumamente vigorosas, ya que están equipadas con un motor eléctrico de medio caballo de fuerza.)

Por lo que se refiere a la cabellera y demás vegetaciones pilosas, hemos logrado producir una fibra de acetato que tiene las características del pelaje femenino, y que lo supera en belleza, textura y elasticidad. ¿Es usted aficionado a los placeres del olfato? Sintonice entonces la escala de los olores. Desde el tenue aroma axilar hecho a base de sándalo y almizcle, hasta las más recias emanaciones de la mujer asoleada y deportiva: ácido cáprico puro, o los más quintaesenciados productos de la perfumería moderna. Embriáguese a su gusto.

La gama olfativa y gustativa se extiende naturalmente hasta el aliento, sí, porque nuestras venus respiran acompasada o agitadamente. Un regulador asegura la curva creciente de sus anhelos, desde el suspiro al gemido, mediante el ritmo controlable de sus canjes respiratorios. Automáticamente el corazón acompasa la fuerza y la velocidad de sus latidos...

En la rama de accesorios, la Plastisex© rivaliza en vestuario y ornato con el atuendo de las señoras más distinguidas. Desnuda, es sencillamente insuperable: púber o impúber, en la flor de la juventud o con todas las opulencias maduras del otoño, según el matiz peculiar de cada raza o mestizaje.

Para los amantes celosos, hemos superado el antiguo ideal del cinturón de castidad: un estuche de cuerpo entero que convierte a cada mujer en una fortaleza de acero inexpugnable. Y por lo que toca a la virginidad, cada Plastisex© va provista de un dispositivo que no puede violar más que usted mismo, el himen plástico que es un verdadero sello de garantía. Tan fiel al original, que al ser destruido se contrae sobre sí mismo y reproduce las excrecencias coralinas llamadas carúnculas mirtiformes.

Siguiendo la inflexible línea de ética comercial que nos hemos trazado, nos interesa denunciar los rumores, más o menos encubiertos, que algunos clientes neuróticos han hecho circular a propósito de nuestra venus. Se dice que hemos creado una mujer tan perfecta, que varios modelos, ardientemente amados por hombres solitarios, han quedado encinta y que otros sufren ciertos trastornos periódicos. Nada más falso. Aunque nuestro departamento de investigación trabaja a toda capacidad y con un presupuesto triplicado, no podemos jactarnos todavía de haber librado a la mujer de tan graves servidumbres. Desgraciadamente, no es fácil desmentir con la misma energía la noticia publicada por un periódico irresponsable, acerca de que un joven inexperto murió asfixiado en brazos de una mujer de plástico. Sin negar la posibilidad de semejante accidente, afirmamos que sólo puede ocurrir en virtud de un imperdonable descuido.

El aspecto moral de nuestra industria ha sido hasta ahora insuficientemente interpretado. Junto a los sociólogos que nos alaban por haber asestado un duro golpe a la prostitución (en Marsella hay una casa a la que ya no podemos llamar de mala nota porque funciona exclusivamente a base de Plastisex©), hay otros que nos acusan de fomentar maniáticos afectados de infantilismo. Semejantes timoratos olvidan adrede las cualidades de nuestro invento, que lejos de limitarse al goce físico, asegura dilectos placeres intelectuales y estéticos a cada uno de los afortunados usuarios.

Como era de esperarse, las sectas religiosas han reaccionado de modo muy diverso ante el problema. Las iglesias más conservadoras siguen apoyando implacablemente el hábito de la abstinencia, y a lo sumo se limitan a calificar como pecado venial el que se comete en objeto inanimado (!). Pero una secta disidente de los mormones ha celebrado ya numerosos matrimonios entre progresistas caballeros humanos y encantadoras muñecas de material sintético. Aunque reservamos nuestra opinión acerca de esas uniones ilícitas para el vulgo, nos es muy grato participar que hasta el día de hoy todas han sido generalmente felices. Sólo en casos aislados algún esposo ha solicitado modificaciones o perfeccionamientos de detalle en su mujer, sin que se registre una sola sustitución que equivalga a divorcio. Es también frecuente el caso de clientes antiguamente casados que nos solicitan copias fieles de sus esposas (generalmente con algunos retoques), a fin de servirse de ellas sin traicionarlas en ocasiones de enfermedades graves o pasajeras, y durante ausencias prolongadas e involuntarias, que incluyen el abandono y la muerte.

Como objeto de goce, la Plastisex© debe ser empleada de modo mesurado y prudente, tal como la sabiduría popular aconseja respecto a nuestra compañera tradicional. Normalmente utilizado, su débito asegura la salud y el bienestar del hombre, cualquiera que sea su edad y complexión. Y por lo que se refiere a los gastos de inversión y mantenimiento, la Plastisex© se paga ella sola. Consume tanta electricidad como un refrigerador, se puede enchufar en cualquier contacto doméstico, y equipada con sus más valiosos aditamentos, pronto resulta mucho más económica que una esposa común y corriente.

Es inerte o activa, locuaz o silenciosa a voluntad, y se puede guardar en el closet.[2]

Lejos de representar una amenaza para la sociedad,

---

[2] Desde 1968, nuestra filial Plastishiro Sexobe está trabajando un modelo económico a base de pilas y transistores.

la venus Plastisex© resulta una aliada poderosa en la lucha pro restauración de los valores humanos. En vez de disminuirla, engrandece y dignifica a la mujer, arrebatándole su papel de instrumento placentero, de sexófora, para emplear un término clásico.

En lugar de mercancía deprimente, costosa o insalubre, nuestras prójimas se convertirán en seres capaces de desarrollar sus posibilidades creadoras hasta un alto grado de perfección.

Al popularizarse el uso de la Plastisex©, asistiremos a la eclosión del genio femenino, tan largamente esperada. Y las mujeres, libres ya de sus obligaciones tradicionalmente eróticas, instalarán para siempre en su belleza transitoria el puro reino del espíritu.

De balística

Ne saxa ex catapultis latericium discuterent.
Caesar, *De bello civili*, II.

*Catapultae turribus impositae et quae
spicula mitterent, et quae saxa.*
Appianus, *Ibericae.*

Esas que allí se ven, vagas cicatrices entre los campos de labor, son las ruinas del campamento de Nobílior. Más allá se alzan los emplazamientos militares de Castillejo, de Renieblas y de Peña Redonda. De la remota ciudad sólo ha quedado una colina cargada de silencio...

—¡Por favor! No olvide usted que yo he venido desde Minnesota. Déjese ya de frases y dígame qué, cómo y a cuál distancia disparaban las balistas.

—Pide usted un imposible.

—Pero usted es reconocido como una autoridad universal en antiguas máquinas de guerra. Mi profesor Burns, de Minnesota, no vaciló en darme su nombre y su dirección como un norte seguro.

—Dé usted al profesor, a quien estimo mucho por carta, las gracias de mi parte y un sincero pésame por su optimismo. A propósito, ¿qué ha pasado con sus experimentos en materia de balística romana?

—Un completo fracaso. Ante un público numeroso, el profesor Burns prometió volarse la barda del estadio de Minnesota, y le falló el jonrón. Es la quinta vez que le hacen quedar mal sus catapultas, y se halla bastante decaído. Espera que yo le lleve algunos datos que lo pongan en el buen camino, pero usted...

—Dígale que no se desanime. El malogrado Ottokar von Soden consumió los mejores años de su vida frente al rompecabezas de una *ctesibia machina* que funcionaba a base de aire comprimido. Y Gatteloni, que sabía más que el profesor Burns, y probablemente que yo, fracasó en 1915 con una máquina estupenda, basada en las descripciones de Ammiano Marcelino. Unos cuatro siglos antes, otro mecánico florentino, llamado Leonardo da Vinci, perdió el tiempo, construyendo unas ballestas enormes, según las extraviadas indicaciones del célebre amateur Marco Vitruvio Polión.

—Me extraña y ofende, en cuanto devoto de la mecánica, el lenguaje que usted emplea para referirse a Vitruvio, uno de los genios primordiales de nuestra ciencia.

—Ignoro la opinión que usted y su profesor Burns tengan de este hombre nocivo. Para mí, Vitruvio es un simple aficionado. Lea usted por favor sus *Libri decem* con algún detenimiento: a cada paso se dará cuenta de que Vitruvio está hablando de cosas que no entiende. Lo que hace es trasmitirnos valiosísimos textos griegos que van de Eneas el Táctico a Herón de Alejandría, sin orden ni concierto.

—Es la primera vez que oigo tal desacato. ¿En quién puede uno entonces depositar sus esperanzas? ¿Acaso en Sexto Julio Frontino?

—Lea usted su *Stratagematon* con la mayor cautela. A primera vista se tiene la impresión de haber dado en el clavo. Pero el desencanto no tarda en abrirse paso a través de sus intransitables descripciones y errores. Frontino sabía mucho de acueductos, atarjeas y cloacas, pero en materia de balística es incapaz de calcular una parábola sencilla.

—No olvide usted, por favor, que a mi regreso debo preparar una tesis doctoral de doscientas cuartillas sobre balística romana, y redactar algunas conferencias. Yo no quiero sufrir una vergüenza como la de mi maestro en el estadio de Minnesota. Cíteme usted, por favor, algunas autoridades antiguas sobre el tema. El profesor Burns ha llenado mi mente de confusión con sus relatos, llenos de repeticiones y de salidas por la tangente.

—Permítame felicitar desde aquí al profesor Burns por su gran fidelidad. Veo que no ha hecho otra cosa sino transmitir a usted la visión caótica que de la balística antigua nos dan hombres como Marcelino, Arriano, Diodoro, Josefo, Polibio, Vegecio y Procopio. Le voy a hablar claro. No poseemos ni un dibujo contemporáneo, ni un solo dato concreto. Las pseudobalistas de Justo Lipsio y de Andrea Palladio son puras invenciones sobre papel, carentes en absoluto de realidad.

—Entonces ¿qué hacer? Piense usted, se lo ruego, en las doscientas cuartillas de mi tesis. En las dos mil palabras de cada conferencia en Minnesota.

—Le voy a contar una anécdota que lo pondrá en vías de comprensión.

—Empiece usted.

—Se refiere a la toma de Segida. Usted recuerda naturalmente que esta ciudad fue ocupada por el cónsul Nobílior en 153.

—¿Antes de Cristo?

—Me parece innecesario, más bien dicho, me parecía innecesario hacer a usted semejantes precisiones...

—Usted perdone.

—Bueno. Nobílior tomó Segida en 153. Lo que usted ignora con toda seguridad es que la pérdida de la ciudad, punto clave en la marcha sobre Numancia, se debió a una balista.

—¡Qué respiro! Una balista eficaz.

—Permítame. Sólo en sentido figurado.

—Concluya usted su anécdota. Estoy seguro de que volveré a Minnesota sin poder decir nada positivo.

—El cónsul Nobílior, que era un hombre espectacular, quiso abrir el ataque con un gran disparo de catapulta...

—Dispénseme, pero estamos hablando de balistas...

—Y usted, y su famoso profesor de Minnesota, ¿pueden decirme acaso cuál es la diferencia que hay entre una balista y una catapulta? ¿Y entre una fundíbula, una doríbola y una palintona? En materia de máquinas antiguas, ya lo ha dicho don José Almirante, ni la ortografía es fija ni la explicación satisfactoria. Aquí tiene usted estos títulos para un mismo aparato: petróbola, litóbola, pedrera o petraria. Y también puede llamar usted onagro, monancona, políbola, acrobalista, quirobalista, toxobalista y neurobalisra a cualquier máquina que funcione por tensión, torsión o contrapesación. Y como todos estos aparatos eran desde el siglo IV a. C. generalmente locomóviles, les corresponde con justicia el título general de carrobalistas.

—...

—Lo cierto es que el secreto que animaba a estos iguanodontes de la guerra se ha perdido. Nadie sabe cómo se templaba la madera, cómo se adobaban las cuerdas de esparto, de crin o de tripa, cómo funcionaba el sistema de contrapesos.

—Siga usted con su anécdota, antes de que yo decida cambiar el asunto de mi tesis doctoral, y expulse a mis imaginarios oyentes de la sala de conferencias.

—Nobílior, que era un hombre espectacular, quiso abrir el ataque con un gran disparo de balista...

—Veo que tiene usted sus anécdotas perfectamente memorizadas. La repetición ha sido literal.

—A usted, en cambio, le falla la memoria. Acabo de hacer una variante significativa.

—¿De veras?

—He dicho balista en vez de catapulta, para evitar una nueva interrupción por parte de usted. Veo que el tiro me ha salido por la culata.

—Lo que yo quiero que salga, por donde sea, es el disparo de Nobílior.

—No saldrá.

—Qué, ¿no acabará usted de contarme su anécdota?

—Sí, pero no hay disparo. Los habitantes de Segida se rindieron en el preciso instante en que la balista, plegadas todas sus palancas, retorcidas las cuerdas elásticas y colmadas las plataformas de contrapeso, se aprestaba a lanzarles un bloque de granito. Hicieron señales desde las murallas, enviaron mensajeros y pactaron. Se les perdonó la vida, pero a condición de que evacuaran la ciudad para que Nobílior se diera el imperial capricho de incendiarla.

—¿Y la balista?

—Se estropeó por completo. Todos se olvidaron de ella, incluso los artilleros, ante el regocijo de tan módica victoria. Mientras los habitantes de Segida firmaban su derrota, las cuerdas se rompieron, estallaron los arcos de madera, y el brazo poderoso que debía lanzar la descomunal pedrada, quedó en tierra exánime, desgajado, soltando el canto de su puño...

—¿Cómo así?

—¿Pero no sabe usted acaso que una catapulta que no dispara inmediatamente se echa a perder? Si no le enseñó esto el profesor Burns, permítame que dude mucho de su competencia. Pero volvamos a Segida. Nobílior recibió además mil ochocientas libras de plata como rescate de la gente principal, que inmediatamente hizo moneda para conjurar el inminente motín de los soldados sin paga. Se conservan algunas de esas monedas. Mañana podrá usted verlas en el Museo de Numancia.

—¿No podría usted conseguirme una de ellas como recuerdo?

—No me haga reír. El único particular que posee monedas de la época es el profesor Adolfo Schulten, que se pasó la vida escarbando en los escombros de Numancia, levantando planos, adivinando bajo los surcos del sembrado la huella de los emplazamientos militares. Lo que sí puedo conseguirle es una tarjeta postal con el anverso y reverso de la susodicha moneda.

—Sigamos adelante.

—Nobílior supo sacarle mucho partido a la toma de Segida, y las monedas que acuñó llevan por un lado su perfil, y por el otro la silueta de una balista y esta palabra: Segisa.

—¿Y por qué Segisa y no Segida?

—Averígüelo usted. Una errata del que hizo los cuños. Esas monedas sonaron muchísimo en Roma. Y todavía más, la fama de la balista. Los talleres del imperio no se daban abasto para satisfacer las demandas de los jefes militares, que pedían catapultas por docenas, y cada vez más grandes. Y mientras más complicadas, mejor.

—Pero dígame algo positivo. Según usted, ¿a qué se debe la diferencia de los nombres si se alude siempre al mismo aparato?

—Tal vez se trata de diferencias de tamaño, tal vez se debe al tipo de proyectiles que los artilleros tenían a la mano. Vea usted, las litóbolas o petrarias, como su nombre lo indica, bueno, pues arrojaban piedras. Piedras de todos tamaños. Los comentaristas van desde las veinte o treinta libras hasta los ocho o doce quintales. Las políbolas, parece que también arrojaban piedras, pero en forma de metralla, esto es, nubes de guijarros. Las doríbolas enviaban, etimológicamente, dardos enormes, pero también haces de flechas. Y las neurobalistas, pues vaya usted a saberlo... barriles con mixtos incendiarios, haces de leña ardiendo, cadáveres y grandes sacos de inmundicias para hacer más grueso el aire inficionado que respiraban los infelices sitiados. En fin, yo sé de una balista que arrojaba grajos.

—¿Grajos?

—Déjeme contarle otra anécdota.

—Veo que me he equivocado de arqueólogo y de guía.

—Por favor, es muy bonita. Casi poética. Seré breve. Se lo prometo.

—Cuente usted y vámonos. El sol cae ya sobre Numancia.

—Un cuerpo de artillería abandonó una noche la balista más grande de su legión, sobre una eminencia del terreno que resguardaba la aldehuela de Bures, en la ruta de Centóbriga. Como usted comprende, me remonto otra vez al siglo II a. C., pero sin salirme de la región. A la mañana siguiente, los habitantes de Bures, un centenar de pastores inocentes, se encontraron frente a aquella amenaza que había brotado del suelo. No sabían nada de catapultas, pero husmearon el peligro. Se encerraron a piedra y cal en sus cabañas, durante tres días. Como no podían seguir así indefinidamente, echaron suertes para saber quién iría en la mañana siguiente a inspeccionar el misterioso armatoste. Tocó la suerte a un jovenzuelo tímido y apocado, que se dio por condenado a muerte.

La población pasó la noche despidiéndolo y dándole fortaleza, pero el muchacho temblaba de miedo. Antes de salir el sol en la mañana invernal, la balista debió de tener un tenebroso aspecto de patíbulo.

—¿Volvió con vida el jovenzuelo?

—No. Cayó muerto al pie de la balista, bajo una descarga de grajos que habían pernoctado sobre la máquina de guerra y que se fueron volando asustados...

—¡Santo Dios! Una balista que rinde la ciudad de Segida sin arrojar un solo disparo. Otra que mata un pastorcillo con un puñado de volátiles. ¿Esto es lo que yo voy a contar en Minnesota?

—Diga usted que las catapultas se empleaban para la guerra de nervios. Añada que todo el Imperio Romano no era más que eso, una enorme máquina de guerra complicada y estorbosa, llena de palancas antagónicas, que se quitaban fuerza unas a otras. Discúlpese usted diciendo que fue un arma de la decadencia.

—¿Tendré éxito con eso?

—Describa usted con amplitud el fatal apogeo de las balistas. Sea pintoresco. Cuente que el oficio de magíster llegó a ser en las ciudades romanas sumamente peligroso. Los chicos de la escuela infligían a sus maestros verdaderas lapidaciones, atacándolos con aparatos de bolsillo que eran una derivación infantil de las manubalistas guerreras.

—¿Tendré éxito con eso?

—Sea poético. Refiera el conmovedor episodio del sitio de Cartago en 146 a.C., con las doncellas que ceden sus cabelleras para suplir las crines en la elaboración de cuerdas balísticas.

—¿Tendré éxito con eso?

—Sea imponente. Hable con detalle acerca de la formación de un tren legionario. Deténgase a considerar sus dos mil carruajes y bestias de carga, las municiones, utensilios de fortificación y de asedio. Hable de los innumerables mozos y esclavos; critique el auge de comerciantes y cantineros, haga hincapié en las prostitutas. La corrupción moral, el peculado y el venéreo ofrecerán a usted sus generosos temas. Describa también el gran horno portátil de piedra hasta las ruedas, debido al talento del ingeniero Cayo Licinio Lícito, que iba cociendo el pan por el camino, a razón de mil piezas por kilómetro.

—¡Qué portento!

—Tome usted en cuenta que el horno pesaba dieciocho toneladas, y que no hacía más de tres kilómetros diarios...

—¡Qué atrocidad!

—Sea pertinaz. Hable sin cesar de las grandes concentraciones de balistas. Sea generoso en las cifras, yo le proporciono las fuentes. Diga que en tiempos de Demetrio Poliorcetes llegaron a acumularse ochocientas máquinas contra una sola ciudad. El ejército romano, incapaz de evolucionar, sufría retardos desastrosos, copado entre el denso maderamen de sus agobiantes máquinas guerreras.

—¿Tendré éxito con eso?

—Concluya usted diciendo que la balista era un arma psicológica, una idea de fuerza, una metáfora aplastante.

—¿Tendré éxito con eso?

(En este momento, el arqueólogo vio en el suelo una piedra que le pareció muy apropiada para poner punto final a su enseñanza. Era un guijarro basáltico, grueso y redondeado, de unos veinte kilos de peso. Desenterrándolo con grandes muestras de entusiasmo, lo puso en brazos del alumno.)

—¡Tiene usted suerte! Quería llevarse una moneda de recuerdo, y he aquí lo que el destino le ofrece.

—¿Pero qué es esto?

—Un valioso proyectil de la época romana, disparado sin duda alguna por una de esas máquinas que tanto le preocupan.

(El estudiante recibió el regalo, un tanto confuso.)

—¿Pero... está usted seguro?

—Llévese esta piedra a Minnesota, y póngala sobre su mesa de conferenciante. Causará una fuerte impresión en el auditorio.

—¿Usted cree?

—Yo mismo le obsequiaré una documentación en regla, para que las autoridades le permitan sacarla de España.

—¿Pero está usted seguro de que esta piedra es un proyectil romano?

(La voz del arqueólogo tuvo un exasperado acento sombrío.)

—Tan seguro estoy de que lo es, que si usted, en vez de venir ahora, anticipa unos dos mil años su viaje a Numancia, esta piedra, disparada por uno de los artilleros de Escipión, le habría aplastado la cabeza.

(Ante aquella respuesta contundente, el estudiante de Minnesota se quedó pensativo, y estrechó afectuosamente la piedra contra su pecho. Soltando por un momento uno de sus brazos, se pasó la mano por la frente, como queriendo borrar, de una vez por todas, el fantasma de la balística romana.)

El sol se había puesto ya sobre el árido paisaje numantino.

En el cauce seco del Merdancho brillaba una nostalgia de río. Los serafines del Ángelus volaban a lo lejos, sobre invisibles aldeas. Y maestro y discípulo se quedaron inmóviles, eternizados por un instantáneo recogimiento, como dos bloques erráticos bajo el crepúsculo grisáceo.

Una mujer amaestrada

...et nunc manet in te...

Hoy me detuve a contemplar este curioso espectáculo: en una plaza de las afueras, un saltimbanqui polvoriento exhibía una mujer amaestrada. Aunque la función se daba a ras del suelo y en plena calle, el hombre concedía la mayor importancia al círculo de tiza previamente trazado, según él, con permiso de las autoridades. Una y otra vez hizo retroceder a los espectadores que rebasaban los límites de esa pista improvisada. La cadena que iba de su mano izquierda al cuello de la mujer, no pasaba de ser un símbolo, ya que el menor esfuerzo habría bastado para romperla. Mucho más impresionante resultaba el látigo de seda floja que el saltimbanqui sacudía por los aires, orgulloso, pero sin lograr un chasquido.

Un pequeño monstruo de edad indefinida completaba el elenco. Golpeando su tamboril daba fondo musical a los actos de la mujer, que se reducían a caminar en posición erecta, a salvar algunos obstáculos de papel y a resolver cuestiones de aritmética elemental. Cada vez que una moneda rodaba por el suelo, había un breve paréntesis teatral a cargo del público. "¡Besos!", ordenaba el saltimbanqui. "No. A ése no. Al caballero que arrojó la moneda". La mujer no acertaba, y una media docena de individuos se dejaban besar, con los pelos de punta, entre risas y aplausos. Un guardia se acercó diciendo que aquello estaba prohibido. El domador le tendió un papel mugriento con sellos oficiales, y el policía se fue malhumorado, encogiéndose de hombros.

A decir verdad, las gracias de la mujer no eran cosa del otro mundo. Pero acusaban una paciencia infinita, francamente anormal, por parte del hombre. Y el público sabe agradecer siempre tales esfuerzos. Paga por ver una pulga vestida; y no tanto por la belleza del traje, sino por el trabajo que ha costado ponérselo. Yo mismo he quedado largo rato viendo con admiración a un inválido que hacía con los pies lo que muy pocos podrían hacer con las manos.

Guiado por un ciego impulso de solidaridad, desatendí a la mujer y puse toda mi atención en el hombre. No cabe duda de que el tipo sufría. Mientras más difíciles eran las suertes, más trabajo le costaba disimular y reír. Cada vez que ella cometía una torpeza, el hombre temblaba angustiado. Yo comprendí que la mujer no le era del todo indiferente, y que se había encariñado con ella, tal vez en los años de su tedioso aprendizaje. Entre ambos existía una relación, íntima y degradante, que iba más allá del domador y la fiera. Quien profundice en ella, llegará indudablemente a una conclusión obscena.

El público, inocente por naturaleza, no se da cuenta de nada y pierde los pormenores que saltan a la vista del observador destacado. Admira al autor de un prodigio, pero no le importan sus dolores de cabeza ni los detalles monstruosos que puede haber en su vida privada. Se atiene simplemente a los resultados, y cuando se le da gusto, no escatima su aplauso.

Lo único que yo puedo decir con certeza es que el saltimbanqui, a juzgar por sus reacciones, se sentía orgulloso y culpable. Evidentemente, nadie podría negarle el mérito de haber amaestrado a la mujer; pero nadie tampoco podría atender la idea de su propia vileza. (En este punto de mi meditación, la mujer daba vueltas de carnero en una angosta alfombra de terciopelo desvaído.)

El guardián del orden público se acercó nuevamente a hostilizar al saltimbanqui. Según él, estábamos entorpeciendo la circulación, el ritmo casi, de la vida normal. "¿Una mujer amaestrada? Váyanse todos ustedes al circo". El acusado respondió otra vez con argumentos de papel sucio, que el policía leyó de lejos con asco. (La mujer, entre tanto, recogía monedas en su gorra de lentejuela. Algunos héroes se dejaban besar; otros se apartaban modestamente, entre dignos y avergonzados.)

El representante de la autoridad se fue para siempre, mediante la suscripción popular de un soborno. El saltimbanqui, fingiendo la mayor felicidad, ordenó al enano del tamboril que tocara un ritmo tropical. La mujer, que estaba preparándose para un número matemático, sacudía como pandero el ábaco de colores. Empezó a bailar con descompuestos ademanes difícilmente procaces. Su director se sentía defraudado a más no poder, ya que en el fondo de su corazón cifraba todas sus esperanzas en la cárcel. Abatido y furioso, increpaba la lentitud de la bailarina con adjetivos sangrientos. El público empezó a contagiarse de su falso entusiasmo, y quién más, quién menos, todos batían palmas y meneaban el cuerpo.

101

Para completar el efecto, y queriendo sacar de la situación el mejor partido posible, el hombre se puso a golpear a la mujer con su látigo de mentiras. Entonces me di cuenta del error que yo estaba cometiendo. Puse mis ojos en ella, sencillamente, como todos los demás. Dejé de mirarlo a él, cualquiera que fuese su tragedia. (En ese momento, las lágrimas surcaban su rostro enharinado.)

Resuelto a desmentir ante todos mis ideas de compasión y de crítica, buscando en vano con los ojos la venia del saltimbanqui, y antes de que otro arrepentido me tomara la delantera, salté por encima de la línea de tiza al círculo de contorsiones y cabriolas.

Azuzado por su padre, el enano del tamboril dio rienda suelta a su instrumento, en un crescendo de percusiones increíbles. Alentada por tan espontánea compañía, la mujer se superó a sí misma y obtuvo un éxito estruendoso. Yo acompasé mi ritmo con el suyo y no perdí pie ni pisada de aquel improvisado movimiento perpetuo, hasta que el niño dejó de tocar.

Como actitud final, nada me pareció más adecuado que caer bruscamente de rodillas.

Pablo

Una mañana igual a todas, en que las cosas tenían el aspecto de siempre y mientras el rumor de las oficinas del Banco Central se esparcía como un aguacero monótono, el corazón de Pablo fue visitado por la gracia. El cajero principal se detuvo en medio de las complicadas operaciones y sus pensamientos se concentraron en un punto. La idea de la divinidad llenó su espíritu, intensa y nítida como una visión, clara como una imagen sensorial. Un goce extraño y profundo, que otras veces había llegado hasta él como un reflejo momentáneo y fugaz, se hizo puro y durable y halló su plenitud. Le pareció que el mundo estaba habitado por Pablos innumerables y que en ese momento todos convergían en su corazón.

Pablo vio a Dios en el principio, personal y total, resumiendo dentro de sí todas las posibilidades de la creación. Sus ideas volaban en el espacio como ángeles y la más bella de todas era la idea de libertad, hermosa y amplia como la luz. El universo, recién creado y virginal, disponía sus criaturas en órdenes armoniosos. Dios les había impartido la vida, la quietud o el movimiento, pero había quedado él mismo íntegro, inabordable, sublime. La más perfecta de sus obras le era inmensamente remota. Desconocido en medio de su omnipotencia creadora y motora, nadie podía pensar en él ni suponerlo siquiera. Padre de unos hijos incapaces de amarlo, se sintió inexorablemente solo y pensó en el hombre como en la única posibilidad de verificar su esencia con plenitud. Supo entonces que el hombre debía contener las cualidades divinas; de lo contrario, iba a ser otra criatura muda y sumisa. Y Dios, después de una larga espera, decidió vivir sobre la tierra; descompuso su ser en miles de partículas y puso el germen de todas ellas en el hombre, para que un día, después de recorrer todas las formas posibles de la vida, esas partes errantes y arbitrarias se reuniesen, formando otra vez el modelo original, aislando a Dios y devolviéndolo a la unidad. Así quedará concluido el ciclo de la existencia universal y verificado totalmente el proceso de la creación, que Dios emprendió un día en que su corazón rebosaba de amoroso entusiasmo.

Perdido en la corriente del tiempo, gota de agua en un mar de siglos, grano de arena en un desierto infinito, allí está Pablo en su mesa, con su traje gris a cuadros y sus anteojos de carey artificial, con el pelo castaño y liso dividido por una raya minuciosa, con sus manos que escriben letras y números impecables, con su ordenada cabeza de empleado contable que logra resultados infalibles, que distribuye las cifras en derechas columnas, que nunca ha cometido un error, ni puesto una mancha en las páginas de sus libros. Allí está, inclinado sobre su mesa, recibiendo las primeras palabras de un mensaje extraordinario, él, a quien nadie conoce ni conocerá jamás; pero que lleva dentro de sí la fórmula perfecta, el número acertado de una inmensa lotería.

Pablo no es bueno ni es malo. Sus actos responden a un carácter cuyo mecanismo es muy sencillo en apariencia; pero sus elementos han tardado miles de años en reunirse, y su funcionamiento fue previsto en el alba del mundo. Todo el pasado humano careció de Pablo. El presente está lleno de Pablos imperfectos, mejores y peores, grandes y pequeños, famosos o desconocidos. Inconscientemente, todas las madres trataron de tenerlo como hijo, todas delegaron esa tarea en sus descendientes, con la certeza de ser algún día sus abuelas. Pero Pablo había sido concebido como un fruto indirecto y remoto; su madre tuvo que morir, ignorante, en el momento mismo del alumbramiento. Y la clave del plan A que obedecía a su existencia le fue confiada a Pablo durante una mañana cualquiera, que no llegó precedida de ningún aviso exterior, en la que todo era igual que siempre y en la que resonaba el trabajo, dentro de las extensas oficinas del Banco Central, con su mismo acostumbrado rumor.

Cuando salió de la oficina, Pablo vio el mundo con otros ojos. Rendía un silencioso homenaje a cada uno de sus semejantes. Veía a los hombres con el pecho transparente, como animadas custodias, y el blanco símbolo resplandecía en todas. El Creador excelente iba contenido en cada una de sus criaturas y verificado en ella. Desde ese día, Pablo juzgó la maldad de otra manera: como el resultado de una dosis incorrecta de virtudes, excesivas las unas, escasas las otras. Y el conjunto deficiente engendraba virtudes falsas, que tenían todo el aspecto del mal.

Pablo sentía una gran piedad por todos aquellos inconscientes portadores de Dios, que muchas veces lo olvidan y lo niegan, que lo sacrifican en un cuerpo corrompido. Vio a la humanidad que buceaba, que buscaba infatigablemente el arquetipo perdido. Cada hombre que nacía era un probable salvador; cada muerto era una fórmula fallida. El género humano, desde el primer día, efectúa todas las combinaciones posibles, ensaya todas las dosis imaginables con las partículas divinas que andan dispersas en el mundo. La humanidad esconde penosamente en la tierra sus fracasos y contempla con emoción el renovado sacrificio de las madres. Los santos y los sabios hacen renacer la esperanza; los grandes criminales del universo la frustran. Tal vez antes del hallazgo final aguarda la última decepción, y debe verificarse la fórmula que realice al hombre más exactamente contrario al arquetipo, la bestia apocalíptica que han temido todos los siglos.

Pablo sabía muy bien que nadie debe perder la esperanza. La humanidad es inmortal porque Dios está en ella y lo que hay en el hombre de perdurable es la eternidad misma de Dios. Las grandes hecatombes, los diluvios y los terremotos, la guerra y la peste no podrán acabar con la última pareja. El hombre nunca tendrá una sola cabeza, para que alguien pueda segarla de un golpe.

Desde el día de la revelación, Pablo vivió una vida diferente. Cesaron para él preocupaciones y afanes pasajeros. Le pareció que la sucesión habitual de los días y las noches, las semanas y los meses, había cesado para él. Creyó vivir en un solo momento, enorme y detenido, amplio y estático como un islote en la eternidad. Consagraba sus horas libres a la reflexión y a la humildad. Todos los días era visitado por claras ideas y su cerebro se iba poblando de resplandores. Sin que pusiera nada de su parte, el hálito universal lo penetraba poco a poco y se sentía iluminado y trascendido, como si un gran golpe de primavera traspasara el ramaje de su ser. Su pensamiento se ventilaba en las más altas cimas. En la calle, arrebatado por sus ideas, con la cabeza en las nubes, le costaba trabajo recordar que iba sobre la tierra. La ciudad se transfiguraba para él. Los pájaros y los niños le traían felices mensajes. Los colores parecían extremar su cualidad y estaban como recién puestos en las cosas. A Pablo le habría gustado ver el mar y las grandes montañas. Se consolaba con el césped y las fuentes.

¿Por qué los demás hombres no compartían con él ese goce supremo? Desde su corazón, Pablo hacía a todos silenciosas invitaciones. A veces le angustiaba la soledad de su éxtasis. Todo el mundo era suyo, y temblaba como un niño ante la enormidad del regalo; pero se prometió disfrutarlo detenidamente. Por lo pronto, había que dedicar la tarde a ese árbol grande y hermoso, a esa nube blanca y rosa que gira suavemente en el cielo, al juego de ese niño de cabellos rubios que rueda su pelota sobre el césped.

Naturalmente, Pablo sabía que una de las condiciones de su goce era la de ser un goce secreto, intransferible. Comparó su vida de antes con la de ahora. ¡Qué desierto de estéril monotonía! Comprendió que si alguien hubiera venido entonces a revelarle el panorama del mundo, él se habría quedado indiferente, viéndolo todo igual, intrascendente y vacío.

A nadie comunicó la más pequeña de sus experiencias. Vivía en una propicia soledad, sin amigos íntimos y con los parientes lejanos. Su carácter retraído y silencioso facilitaba la reserva. Sólo temió que su cara pudiera revelar la transformación, o que los ojos traicionaran el brillo interior. Por fortuna, nada de esto sucedía. En el trabajo y en la casa de huéspedes nadie notó cambio alguno y la vida exterior transcurría exactamente igual a la de antes.

A veces, un recuerdo aislado, de la infancia o la adolescencia, irrumpía de pronto en su memoria para incluirse en una clara unidad. A Pablo le gustaba agrupar estos recuerdos en torno de la idea central que llenaba su espíritu, y se complacía viendo en ellos una especie de presagio acerca de su destino ulterior. Presagios que había desatendido porque eran breves y débiles, porque no había aprendido aún a descifrar esos mensajes que la naturaleza envía, encerrados en pequeñas maravillas, hacia el corazón de cada hombre. Ahora se llenaban de sentido, y Pablo señalaba el camino de su espíritu, como con blancas piedrecillas. Cada una le recordaba una circunstancia dichosa, que él podía, a su antojo, volver a vivir.

En ciertos momentos, la partícula divina parecía tomar en el corazón de Pablo proporciones desacostumbradas, y Pablo se llenaba de espanto. Recurría a su probada humildad, juzgándose el más ínfimo de los hombres, el más inepto portador de Dios, el ensayo más desacertado en la interminable búsqueda.

Lo único que podía desear en sus momentos de mayor ambición era vivir el momento del hallazgo. Pero esto le pareció imposible y desmesurado. Veía el impulso poderoso y aparentemente ciego que hace el género humano para sostenerse, para multiplicar cada vez más el número de los ensayos, para ofrecer siempre una resistencia indestructible a los fenómenos que interrumpen el curso de la vida. Esa potencia, ese triunfo cada vez más duramente alcanzado, llevaba implícita la esperanza y la certidumbre de que un día existirá entre los hombres el ser primigenio y final. Ese día cesará el instinto de conservación y de multiplicación. Todos los hombres vivientes quedarán superfluos, e irán desapareciendo absortos en el ser que todo lo contendrá, que habrá de justificar la humanidad, los siglos, los milenios de ignorancia, de vicio, de búsqueda. El género humano, limpio de todos sus males, reposará para siempre en el seno de su creador. Ningún dolor habrá sido baldío, ninguna alegría vana: habrán sido los dolores y alegrías multiplicados de un solo ser infinito.

A esa idea feliz, que todo lo justifica, sucedía a veces en Pablo la idea opuesta, y lo absorbía y lo fatigaba. El hermoso sueño que tan lúcidamente soñaba, perdía claridad, amenazaba romperse o convertirse en pesadilla.

Dios podría quizás no recobrarse nunca y quedar para siempre disuelto y sepultado, preso en millones de cárceles, en seres desesperados que sentían cada uno su fracción de la nostalgia de Dios y que incansablemente se unían para recobrarlo, para recobrarse en él. Pero la esencia divina se iría desvirtuando poco a poco, como un precioso metal muchas veces fundido y refundido, que va perdiéndose en aleaciones cada vez más groseras. El espíritu de Dios ya no se expresaría sino en la voluntad enorme de sobrevivir, cerrando los ojos a millones de fracasos, a la diaria y negativa experiencia de la muerte. La partícula divina palpitaría violentamente en el corazón de cada hombre, golpeando la puerta de su cárcel. Todos responderían a este llamado con un deseo de reproducción cada vez más torpe y sin sentido, y la integración de Dios se volvería imposible, porque para aislar una sola partícula preciosa habría que reducir montañas de escoria, desecar pantanos de iniquidad.

En estas circunstancias, Pablo era presa de la desesperación. Y de la desesperación brotó la última certidumbre, la que en vano había tratado de aplazar.

Pablo comenzó a percibir su terrible cualidad de espectador y se dio cuenta de que, al contemplar el mundo, lo devoraba. La contemplación nutría su espíritu, y su hambre de contemplar era cada vez mayor. Desconoció en los hombres a sus prójimos; su soledad comenzó a agrandarse hasta hacerse insoportable. Veía con envidia a los demás, a esos seres incomprensibles que nada saben y que ponen todo su espíritu, liberalmente, en mezquinas ocupaciones, gozando y sufriendo en torno a un Pablo solitario y gigantesco, que respiraba por encima de todas las cabezas un aire enrarecido y puro, que recorría los días requisando y detentando los bienes de los hombres.

La memoria de Pablo comenzó a retroceder velozmente. Vivió su vida día por día y minuto a minuto. Llegó a la infancia y a la puericia. Siguió adelante, más allá de su nacimiento, y conoció la vida de sus padres y la de sus antepasados, hasta la última raíz de su genealogía, donde volvió a encontrar su espíritu señoreado por la unidad.

Se sintió capaz de todo. Podría recordar el detalle más insignificante de la vida de cada hombre, encerrar el universo en una frase, ver con sus propios ojos las cosas más distantes en el tiempo y en el espacio, abarcar en su puño las nubes, los árboles y las piedras.

Su espíritu se replegó sobre sí mismo, lleno de temor. Una timidez inesperada y extraordinaria se adueñó de cada una de sus acciones. Eligió la impasibilidad exterior como respuesta al activo fuego que consumía sus entrañas. Nada debía cambiar el ritmo de la vida. Había de hecho dos Pablos, pero los hombres no conocían más que uno. El otro, el decisivo Pablo que podía hacer el balance de la humanidad y pronunciar un juicio adverso o favorable, permaneció ignorado, totalmente desconocido dentro de su fiel traje gris a cuadros, protegida la mirada de sus ojos abismales por unos anteojos de carey artificial.

En su repertorio infinito de recuerdos humanos, una anécdota insignificante, que tal vez había leído en la infancia, sobresalía y lastimaba levemente su espíritu. La anécdota aparecía desprovista de contorno y situaba sus frases escuetas en el cerebro de Pablo: en una aldea montañosa, un viejo pastor extranjero logró convencer a todos sus vecinos de que era la encarnación misma de Dios. Durante algún tiempo, gozó una situación privilegiada. Pero sobrevino una sequía. Las cosechas se perdieron, las ovejas morían. Los creyentes cayeron sobre el dios y lo sacrificaron sin piedad.

En una sola ocasión Pablo estuvo a punto de ser descubierto. Una sola vez debió de estar a su verdadera altura, ante los ojos de otro, y en ese caso Pablo no desmintió su condición y supo aceptar durante un instante el riesgo inmenso.

Era un día hermoso, en que Pablo saciaba su sed universal paseando por una de las avenidas más céntricas de la ciudad. Un individuo se detuvo de pronto, a la mitad de la acera, reconociéndolo. Pablo sintió que un rayo descendía sobre él. Quedó inmóvil y mudo de sorpresa. Su corazón latió con violencia, pero también con infinita ternura. Inició un paso y trató de abrir los brazos en un gesto de protección, dispuesto a ser identificado, delatado, crucificado.

La escena, que a Pablo le pareció eterna, había durado sólo breves segundos. El desconocido pareció dudar una última vez y luego, turbado, reconociendo su equivocación, murmuró a Pablo una excusa, y siguió adelante.

Pablo permaneció un buen rato sin caminar, presa de angustia, aliviado y herido a la vez. Comprendió que su rostro comenzaba a denunciarlo y redobló sus cuidados. Desde entonces prefería pasear solamente en el crepúsculo y visitar los parques que las primeras horas de la noche volvían apacibles y umbrosos.

Pablo tuvo que vigilar estrechamente cada uno de sus actos y puso todo empeño en suprimir el más insignificante deseo. Se propuso no entorpecer en lo más mínimo el curso de la vida, ni alterar el más insignificante de los fenómenos. Prácticamente, anuló su voluntad. Trató de no hacer nada para verificar por sí mismo su naturaleza; la idea de la omnipotencia pesaba sobre su espíritu, abrumándolo.

Pero todo era inútil. El universo penetraba en su corazón a raudales, restituyéndose a Pablo como un ancho río que devolviera todo el caudal de sus aguas a la fuente original. De nada servía que opusiera alguna resistencia; su corazón se despliega como una llanura, y sobre él llovía la esencia de las cosas.

En el exceso mismo de su abundancia, en el colmo de su riqueza, Pablo comenzó a sufrir por el empobrecimiento del mundo, que iba a vaciarse de sus seres, a perder su calor y a detener su movimiento. Una sensación desbordante de piedad y de lástima empezó a invadirlo hasta hacerse insufrible.

Pablo se dolía por todo: por la vida frustrada de los niños, cuya ausencia empezaba a notarse ya en los jardines y en las escuelas; por la vida inútil de los hombres y por la vana impaciencia de las embarazadas que ya no vivirían el nacimiento de sus hijos; por las jóvenes parejas que de pronto se deshacían, roto ya el diálogo superfluo, despidiéndose sin formular una cita para el día siguiente. Y temió por los pájaros, que olvidaban sus nidos y se iban a volar sin rumbo, perdidos, sosteniéndose apenas en un aire sin movimiento. Las hojas de los árboles comenzaban a amarillear y a caer. Pablo se estremeció al pensar que ya no habría otra primavera para ellos, porque él iba a alimentarse con la vida de todo lo que moría. Se sintió incapaz de sobrevivir al recuerdo del mundo muerto, y sus ojos se llenaron de lágrimas.

El corazón tierno de Pablo no precisaba un largo examen. Su tribunal no llegó a funcionar para nadie. Pablo decidió que el mundo viviera, y se comprometió a devolver todo lo que le había ido quitando. Trató de recordar si en el pasado no había algún otro Pablo que se hubiera precipitado, desde lo alto de su soledad, para vivir en el océano del mundo un nuevo ciclo de vida dispersa y fugitiva.

Una mañana nublada, en la que el mundo había perdido ya casi todos sus colores y en la que el corazón de Pablo destellaba como un cofre henchido de tesoros, decidió su sacrificio. Un viento de destrucción vagaba por el mundo, una especie de arcángel negro con alas de cierzo y de llovizna que parecía ir borrando el perfil de la realidad, preludiando la última escena. Pablo lo sintió capaz de todo, de disolver los árboles y las estatuas, de destruir las piedras arquitectónicas, de llevarse en sus alas sombrías el último calor de las cosas. Tembloroso, sin poder soportar un momento más el espectáculo de la desintegración universal, Pablo se encerró en su cuarto y se dispuso a morir. De modo cualquiera, como un ínfimo suicida, dio fin a sus días antes de que fuera demasiado tarde, y abrió de par en par las compuertas de su alma.

La humanidad continúa empeñosamente sus ensayos después de haber escondido bajo la tierra otra fórmula fallida. Desde ayer Pablo está otra vez con nosotros, en nosotros, buscándose.

Esta mañana, el sol brilla con raro esplendor.

Parábola del trueque

Al grito de "¡Cambio esposas viejas por nuevas!", el mercader recorrió las calles del pueblo arrastrando su convoy de pintados carromatos.

Las transacciones fueron muy rápidas, a base de unos precios inexorablemente fijos. Los interesados recibieron pruebas de calidad y certificados de garantía, pero nadie pudo escoger. Las mujeres, según el comerciante, eran de veinticuatro quilates. Todas rubias y todas circasianas. Y más que rubias, doradas como candeleros.

Al ver la adquisición de su vecino, los hombres corrían desaforados en pos del traficante. Muchos quedaron arruinados. Sólo un recién casado pudo hacer cambio a la par. Su esposa estaba flamante y no desmerecía ante ninguna de las extranjeras. Pero no era tan rubia como ellas.

Yo me quedé temblando detrás de la ventana, al paso de un carro suntuoso. Recostada entre almohadones y cortinas, una mujer que parecía un leopardo me miró deslumbrante, como desde un bloque de topacio. Presa de aquel contagioso frenesí, estuve a punto de estrellarme contra los vidrios. Avergonzado, me aparté de la ventana y volví el rostro para mirar a Sofía.

Ella estaba tranquila, bordando sobre un nuevo mantel las iniciales de costumbre. Ajena al tumulto, ensartó la aguja con sus dedos seguros. Sólo yo que la conozco podía advertir su tenue, imperceptible palidez. Al final de la calle, el mercader lanzó por último la turbadora proclama: "¡Cambio esposas viejas por nuevas!" Pero yo me quedé con los pies clavados en el suelo, cerrando los oídos a la oportunidad definitiva. Afuera, el pueblo respiraba una atmósfera de escándalo.

Sofía y yo cenamos sin decir una palabra, incapaces de cualquier comentario.

—¿Por qué no me cambiaste por otra? —me dijo al fin, llevándose los platos.

No pude contestarle, y los dos caímos más hondo en el vacío. Nos acostamos temprano, pero no podíamos dormir. Separados y silenciosos, esa noche hicimos un papel de convidados de piedra.

Desde entonces vivimos en una pequeña isla desierta, rodeados por la felicidad tempestuosa. El pueblo parecía un gallinero infestado de pavos reales. Indolentes y voluptuosas, las mujeres pasaban todo el día echadas en la cama. Surgían al atardecer, resplandecientes a los rayos del sol, como sedosas banderas amarillas.

Ni un momento se separaban de ellas los maridos complacientes y sumisos. Obstinados en la miel, descuidaban su trabajo sin pensar en el día de mañana.

Yo pasé por tonto a los ojos del vecindario, y perdí los pocos amigos que tenía. Todos pensaron que quise darles una lección, poniendo el ejemplo absurdo de la fidelidad. Me señalaban con el dedo, riéndose, lanzándome pullas desde sus opulentas trincheras. Me pusieron sobrenombres obscenos, y yo acabé por sentirme como una especie de eunuco en aquel edén placentero.

Por su parte, Sofía se volvió cada vez más silenciosa y retraída. Se negaba a salir a la calle conmigo, para evitarme contrastes y comparaciones. Y lo que es peor, cumplía de mala gana con sus más estrictos deberes de casada. A decir verdad, los dos nos sentíamos apenados de unos amores tan modestamente conyugales.

Su aire de culpabilidad era lo que más me ofendía. Se sintió responsable de que yo no tuviera una mujer como las otras. Se puso a pensar desde el primer momento que su humilde semblante de todos los días era incapaz de apartar la imagen de la tentación que yo llevaba en la cabeza. Ante la hermosura invasora, se batió en retirada hasta los últimos rincones del mudo resentimiento. Yo agoté en vano nuestras pequeñas economías, comprándole adornos, perfumes, alhajas y vestidos.

—¡No me tengas lástima!

Y volvía la espalda a todos los regalos. Si me esforzaba en mimarla, venía su respuesta entre lágrimas:

—¡Nunca te perdonaré que no me hayas cambiado!

Y me echaba la culpa de todo. Yo perdía la paciencia. Y recordando a la que parecía un leopardo, deseaba de todo corazón que volviera a pasar el mercader.

Pero un día las rubias comenzaron a oxidarse. La pequeña isla en que vivíamos recobró su calidad de oasis, rodeada por el desierto. Un desierto hostil, lleno de salvajes alaridos de descontento. Deslumbrados a primera vista, los hombres no pusieron realmente atención en las mujeres. Ni les echaron una buena mirada, ni se les ocurrió ensayar su metal. Lejos de ser nuevas, eran de segunda, de tercera, de sabe Dios cuántas manos...

El mercader les hizo sencillamente algunas reparaciones indispensables, y les dio un baño de oro tan bajo y tan delgado, que no resistió la prueba de las primeras lluvias.

El primer hombre que notó algo extraño se hizo el desentendido, y el segundo también. Pero el tercero, que era farmacéutico, advirtió un día entre el aroma de su mujer la característica emanación del sulfato de cobre. Procediendo con alarma a un examen minucioso, halló manchas oscuras en la superficie de la señora y puso el grito en el cielo.

Muy pronto aquellos lunares salieron a la cara de todas, como si entre las mujeres brotara una epidemia de herrumbre. Los maridos se ocultaron unos a otros las fallas de sus esposas, atormentándose en secreto con terribles sospechas acerca de su procedencia. Poco a poco salió a relucir la verdad, y cada quien supo que había recibido una mujer falsificada.

El recién casado que se dejó llevar por la corriente del entusiasmo que despertaron los cambios, cayó en un profundo abatimiento. Obsesionado por el recuerdo de un cuerpo de blancura inequívoca, pronto dio muestras de extravío. Un día se puso a remover con ácidos corrosivos los restos de oro que había en el cuerpo de su esposa, y la dejó hecha una lástima, una verdadera momia.

Sofía y yo nos encontramos a merced de la envidia y del odio. Ante esa actitud general, creí conveniente tomar algunas precauciones. Pero a Sofía le costaba trabajo disimular su júbilo, y dio en salir a la calle con sus mejores atavíos, haciendo gala entre tanta desolación. Lejos de atribuir algún mérito a mi conducta, Sofía pensaba naturalmente que yo me había quedado con ella por cobarde, pero que no me faltaron las ganas de cambiarla.

Hoy salió del pueblo la expedición de los maridos engañados, que van en busca del mercader. Ha sido verdaderamente un triste espectáculo. Los hombres levantaban al cielo los puños, jurando venganza. Las mujeres iban de luto, lacias y desgreñadas, como plañideras leprosas. El único que se quedó es el famoso recién casado, por cuya razón se teme. Dando pruebas de un apego maniático, dice que ahora será fiel hasta que la muerte lo separe de la mujer ennegrecida, esa que él mismo acabó de estropear a base de ácido sulfúrico.

Yo no sé la vida que me aguarda al lado de una Sofía quién sabe si necia o prudente. Por lo pronto, le van a faltar admiradores. Ahora estamos en una isla verdadera, rodeada de soledad por todas partes. Antes de irse, los maridos declararon que buscarán hasta el infierno los rastros del estafador. Y realmente, todos ponían al decirlo una cara de condenados.

Sofía no es tan morena como parece. A la luz de la lámpara, su rostro dormido se va llenando de reflejos. Como si del sueño le salieran leves, dorados pensamientos de orgullo.

Un pacto con el diablo

Aunque me di prisa y llegué al cine corriendo, la película había comenzado. En el salón oscuro traté de encontrar un sitio. Quedé junto a un hombre de aspecto distinguido.

—Perdone usted —le dije—, ¿no podría contarme brevemente lo que ha ocurrido en la pantalla?

—Sí. Daniel Brown, a quien ve usted allí, ha hecho un pacto con el diablo.

—Gracias. Ahora quiero saber las condiciones del pacto: ¿podría explicármelas?

—Con mucho gusto. Ei diablo se compromete a proporcionar la riqueza a Daniel Brown durante siete años. Naturalmente, a cambio de su alma.

—¿Siete nomás?

—El contrato puede renovarse. No hace mucho, Daniel Brown lo firmó con un poco de sangre.

Yo podía completar con estos datos el argumento de la película. Eran suficientes, pero quise saber algo más. El complaciente desconocido parecía ser hombre de criterio. En tanto que Daniel Brown se embolsaba una buena cantidad de monedas de oro, pregunté:

—En su concepto, ¿quién de los dos se ha comprometido más?

—El diablo.

—¿Cómo es eso? —repliqué sorprendido.

—El alma de Daniel Brown, créame usted, no valía gran cosa en el momento en que la cedió.

—Entonces el diablo...

—Va a salir muy perjudicado en el negocio, porque Daniel se manifiesta muy deseoso de dinero, mírelo usted.

Efectivamente, Brown gastaba el dinero a puñados. Su alma de campesino se desquiciaba. Con ojos de reproche, mi vecino añadió:

—Ya llegarás al séptimo año, ya.

Tuve un estremecimiento. Daniel Brown me inspiraba simpatía. No pude menos de preguntar:

—Usted, perdóneme, ¿no se ha encontrado pobre alguna vez?

El perfil de mi vecino, esfumado en la oscuridad, sonrió débilmente. Apartó los ojos de la pantalla donde ya Daniel Brown comenzaba a sentir remordimientos y dijo sin mirarme:

—Ignoro en qué consiste la pobreza, ¿sabe usted?

—Siendo así...

—En cambio, sé muy bien lo que puede hacerse en siete años de riqueza.

Hice un esfuerzo para comprender lo que serían esos años, y vi la imagen de Paulina, sonriente, con un traje nuevo y rodeada de cosas hermosas. Esta imagen dio origen a otros pensamientos:

—Usted acaba de decirme que el alma de Daniel Brown no valía nada: ¿cómo, pues, el diablo le ha dado tanto?

—El alma de ese pobre muchacho puede mejorar, los remordimientos pueden hacerla crecer —contestó filosóficamente mi vecino, agregando luego con malicia—: entonces el diablo no habrá perdido su tiempo.

—¿Y si Daniel se arrepiente?...

Mi interlocutor pareció disgustado por la piedad que yo manifestaba. Hizo un movimiento como para hablar, pero solamente salió de su boca un pequeño sonido gutural. Yo insistí:

—Porque Daniel Brown podría arrepentirse, y entonces...

—No sería la primera vez que al diablo le salieran mal estas cosas. Algunos se le han ido ya de las manos a pesar del contrato.

—Realmente es muy poco honrado —dije, sin darme cuenta.

—¿Qué dice usted?

—Si el diablo cumple, con mayor razón debe el hombre cumplir —añadí como para explicarme.

—Por ejemplo... —y mi vecino hizo una pausa llena de interés.

—Aquí está Daniel Brown —contesté—. Adora a su mujer. Mire usted la casa que le compró. Por amor ha dado su alma y debe cumplir.

A mi compañero le desconcertaron mucho estas razones.

—Perdóneme —dijo—, hace un instante usted estaba de parte de Daniel.

—Y sigo de su parte. Pero debe cumplir.

—Usted, ¿cumpliría?

No pude responder. En la pantalla, Daniel Brown se hallaba sombrío. La opulencia no bastaba para hacerle olvidar su vida sencilla de campesino. Su casa era grande y lujosa, pero extrañamente triste. A su mujer le sentaban mal las galas y las alhajas. ¡Parecía tan cambiada!

Los años transcurrían veloces y las monedas saltaban rápidas de las manos de Daniel, como antaño la semilla. Pero tras él, en lugar de plantas, crecían tristezas, remordimientos.

Hice un esfuerzo y dije:

—Daniel debe cumplir. Yo también cumpliría. Nada existe peor que la pobreza. Se ha sacrificado por su mujer, lo demás no importa.

—Dice usted bien. Usted comprende porque también tiene mujer, ¿no es cierto?

—Daría cualquier cosa porque nada le faltase a Paulina.

—¿Su alma?

Hablábamos en voz baja. Sin embargo, las personas que nos rodeaban parecían molestas. Varias veces nos habían pedido que calláramos. Mi amigo, que parecía vivamente interesado en la conversación, me dijo:

—¿No quiere usted que salgamos a uno de los pasillos? Podremos ver más tarde la película.

No pude rehusar y salimos. Miré por última vez a la pantalla: Daniel Brown confesaba llorando a su mujer el pacto que había hecho con el diablo.

Yo seguía pensando en Paulina, en la desesperante estrechez en que vivíamos, en la pobreza que ella soportaba dulcemente y que me hacía sufrir mucho más. Decididamente, no comprendía yo a Daniel Brown, que lloraba con los bolsillos repletos.

—Usted, ¿es pobre?

Habíamos atravesado el salón y entrábamos en un angosto pasillo, oscuro y con un leve olor de humedad.

Al trasponer la cortina gastada, mi acompañante volvió a preguntarme:

—Usted, ¿es muy pobre?

—En este día —le contesté—, las entradas al cine cuestan más baratas que de ordinario y, sin embargo, si supiera usted qué lucha para decidirme a gastar ese dinero. Paulina se ha empeñado en que viniera; precisamente por discutir con ella llegué tarde al cine.

—Entonces, un hombre que resuelve sus problemas tal como lo hizo Daniel, ¿qué concepto le merece?

—Es cosa de pensarlo. Mis asuntos marchan muy mal. Las personas ya no se cuidan de vestirse. Van de cualquier modo. Reparan sus trajes, los limpian, los arreglan una y otra vez. Paulina misma sabe entenderse muy bien. Hace combinaciones y añadidos, se improvisa trajes; lo cierto es que desde hace mucho tiempo no tiene un vestido nuevo.

—Le prometo hacerme su cliente —dijo mi interlocutor, compadecido—; en esta semana le encargaré un par de trajes.

—Gracias. Tenía razón Paulina al pedirme que viniera al cine; cuando sepa esto va a ponerse contenta.

—Podría hacer algo más por usted —añadió el nuevo cliente—; por ejemplo, me gustaría proponerle un negocio, hacerle una compra...

—Perdón —contesté con rapidez—, no tenemos ya nada para vender: lo último, unos aretes de Paulina...

—Piense usted bien, hay algo que quizás olvida...

Hice como que meditaba un poco. Hubo una pausa que mi benefactor interrumpió con voz extraña:

—Reflexione usted. Mire, allí tiene usted a Daniel Brown. Poco antes de que usted llegara, no tenía nada para vender, y, sin embargo...

Noté, de pronto, que el rostro de aquel hombre se hacía más agudo. La luz roja de un letrero puesto en la pared daba a sus ojos un fulgor extraño, como fuego. Él advirtió mi turbación y dijo con voz clara y distinta:

—A estas alturas, señor mío, resulta por demás una presentación. Estoy completamente a sus órdenes.

Hice instintivamente la señal de la cruz con mi mano derecha, pero sin sacarla del bolsillo. Esto pareció quitar al signo su virtud, porque el diablo, componiendo el nudo de su corbata, dijo con toda calma:

—Aquí, en la cartera, llevo un documento que...

Yo estaba perplejo. Volvía a ver a Paulina de pie en el umbral de la casa, con su traje gracioso y desteñido, en la actitud en que se hallaba cuando salí: el rostro inclinado y sonriente, las manos ocultas en los pequeños bolsillos de su delantal.

Pensé que nuestra fortuna estaba en mis manos. Esta noche apenas si teníamos algo para comer. Mañana habría manjares sobre la mesa. Y también vestidos y joyas, y una casa grande y hermosa. ¿El alma?

Mientras me hallaba sumido en tales pensamientos, el diablo había sacado un pliego crujiente y en una de sus manos brillaba una aguja.

"Daría cualquier cosa porque nada te faltara". Esto lo había dicho yo muchas veces a mi mujer. Cualquier cosa. ¿El alma? Ahora estaba frente a mí el que podía hacer efectivas mis palabras. Pero yo seguía meditando. Dudaba. Sentía una especie de vértigo. Bruscamente, me decidí:

—Trato hecho. Sólo pongo una condición.

El diablo, que ya trataba de pinchar mi brazo con su aguja, pareció desconcertado:

—¿Qué condición?

—Me gustaría ver el final de la película —contesté.

—¡Pero qué le importa a usted lo que ocurra a ese imbécil de Daniel Brown! Además, eso es un cuento. Déjelo usted y firme, el documento está en regla, sólo hace falta su firma, aquí sobre esta raya.

La voz del diablo era insinuante, ladina, como un sonido de monedas de oro. Añadió:

—Si usted gusta, puedo hacerle ahora mismo un anticipo.

Parecía un comerciante astuto. Yo repuse con energía:

—Necesito ver el final de la película. Después firmaré.

—¿Me da usted su palabra?

—Sí.

Entramos de nuevo en el salón. Yo no veía en absoluto, pero mi guía supo hallar fácilmente dos asientos.

En la pantalla, es decir, en la vida de Daniel Brown, se había operado un cambio sorprendente, debido a no sé qué misteriosas circunstancias.

Una casa campesina, destartalada y pobre. La mujer de Brown estaba junto al fuego, preparando la comida. Era el crepúsculo y Daniel volvía del campo con la azada al hombro. Sudoroso, fatigado, con su burdo traje lleno de polvo, parecía, sin embargo, dichoso.

Apoyado en la azada, permaneció junto a la puerta. Su mujer se le acercó, sonriendo. Los dos contemplaron el día que se acababa dulcemente, prometiendo la paz y el descanso de la noche. Daniel miró con ternura a su esposa, y recorriendo luego con los ojos la limpia pobreza de la casa, preguntó:

—Pero, ¿no echas tú de menos nuestra pasada riqueza? ¿Es que no te hacen falta todas las cosas que teníamos?

La mujer respondió lentamente:

—Tu alma vale más que todo eso, Daniel...

El rostro del campesino se fue iluminando, su sonrisa parecía extenderse, llenar toda la casa, salir del paisaje. Una música surgió de esa sonrisa y parecía disolver poco a poco las imágenes. Entonces, de la casa dichosa y pobre de Daniel Brown brotaron tres letras blancas que fueron creciendo, creciendo, hasta llenar toda la pantalla.

Sin saber cómo, me hallé de pronto en medio del tumulto que salía de la sala, empujando, atropellando, abriéndome paso con violencia. Alguien me cogió de un brazo y trató de sujetarme. Con gran energía me solté, y pronto salí a la calle.

Era de noche. Me puse a caminar de prisa, cada vez más de prisa, hasta que acabé por echar a correr. No volví la cabeza ni me detuve hasta que llegué a mi casa. Entré lo más tranquilamente que pude y cerré la puerta con cuidado.

Paulina me esperaba.

Echándome los brazos al cuello, me dijo:

—Pareces agitado.

—No, nada, es que...

—¿No te ha gustado la película?

—Sí, pero...

Yo me hallaba turbado. Me llevé las manos a los ojos. Paulina se quedó mirándome, y luego, sin poderse contener, comenzó a reír, a reír alegremente de mí, que deslumbrado y confuso me había quedado sin saber qué decir. En medio de su risa, exclamó con festivo reproche:

—¿Es posible que te hayas dormido?

Estas palabras me tranquilizaron. Me señalaron un rumbo. Como avergonzado, contesté:

—Es verdad, me he dormido.

Y luego, en son de disculpa, añadí:

—Tuve un sueño, y voy a contártelo.

Cuando acabé mi relato, Paulina me dijo que era la mejor película que yo podía haberle contado. Parecía contenta y se rió mucho.

Sin embargo, cuando yo me acostaba, pude ver cómo ella, sigilosamente, trazaba con un poco de ceniza la señal de la cruz sobre el umbral de nuestra casa.

El converso

Entre Dios y yo todo ha quedado resuelto desde el momento en que he aceptado sus condiciones. Renuncio a mis propósitos y doy por terminadas mis labores apostólicas. El infierno no podrá ser suprimido; toda obstinación de mi parte será inútil y contraproducente. Dios se ha mostrado en esto claro y definitivo y ni siquiera me permitió llegar a las últimas proposiciones.

Entre otros deberes, he contraído el de hacer volver atrás a mis discípulos. A los de la tierra, se entiende. Los del infierno seguirán esperando inexorablemente mi regreso. En lugar de la redención prometida, no habré hecho más que añadir un nuevo suplicio: el de la esperanza. Dios lo ha querido así.

Yo debo volver al punto de partida. Dios se niega a iluminarme y debo colocar mi espíritu en el plano en que se hallaba antes de seguir el camino equivocado, esto es, en vísperas de recibir las órdenes menores.

Nuestro coloquio se ha desarrollado en el sitio que ocupo desde que fui arrebatado del infierno. Es algo así como una celda abierta en lo infinito y ocupada totalmente por mi cuerpo, Dios no acudió inmediatamente.

Por el contrario, me pareció una eternidad la espera, y un sentimiento de postergación indecible me hacía sufrir más que todos los suplicios anteriores. El dolor pasado era un recuerdo grato en cierta manera, ya que me daba ocasión de comprobar mi existencia y de percibir los contornos de mi cuerpo. Allí, en cambio, me podía comparar a una nube, a un islote sensible, de márgenes constituidos por estados cada vez más inconscientes, de manera que no lograba saber hasta dónde existía ni en qué punto me comunicaba con la nada.

Mi sola capacidad era el pensamiento, siempre más desbordado y potente. En la soledad tuve tiempo de andar y desandar numerosos caminos; reconstruí pieza por pieza edificios imaginarios; me extravié en mi propio laberinto, y sólo hallé la salida cuando la voz de Dios vino a buscarme. Millones de ideas se pusieron en fuga, y sentí que mi cabeza era la cuenca de un océano que de pronto se vaciaba.

Está por demás aclarar que fue Dios quien puso todas las condiciones del pacto, y que a mí sólo me reservó el privilegio de aceptarlas. No fortaleció mi juicio en modo alguno; el arbitrio fue tan completo, que su imparcialidad me parece falta de misericordia. Se limitó a indicarme los dos caminos: recomenzar mi vida, o ir de nuevo al infierno.

Todos dirán que el asunto no era para pensarse y que debí decidirme inmediatamente. Pero tuve que dudar mucho. Volver atrás no es cosa sencilla; se trata nada menos que de inaugurar una vida deshaciendo los errores y salvando los obstáculos de otra; y esto, para un hombre que no ha dado muestras de gran discernimiento, exige una serenidad y una resignación que Dios mismo echa de menos en mi persona. No sería difícil errar otra vez y que el camino de salvación se desviara nuevamente hacia el abismo.

Además, en mi conducta futura está incluida toda una serie de actos insoportables, de humillaciones sin cuento: debo someterme y aclarar públicamente mi nueva situación. Han de saberlo todos, discípulos y enemigos. Los superiores cuya autoridad desprecié recibirán las cumplidas muestras de mi obediencia. Juro que si entre tales personas no se hallara fray Lorenzo, la cosa no sería tan grave. Pero es él precisamente quien debe enterarse primero y aparecer como agente de mi salvación. Tendrá a su cargo la vigilancia estrecha de mi vida, y cada una de mis acciones deberá desnudarse ante sus ojos.

Volver al infierno es también una idea desalentadora; porque no se trata únicamente de condenación, sino de algo más fundamental: del fracaso de toda mi labor. Mi presencia en el infierno carece ya de sentido, no tiene importancia, desde el momento en que volvería incapacitado para convencer a nadie, para alentar la menor esperanza, ya que Dios ha puesto punto final a mis ensueños. Esto, descontando la naturalísima circunstancia de que en el infierno todos habrían de sentirse defraudados. Llamándome farsante y traidor, darían a mi mudanza interpretaciones malignas y torcidas; se dedicarían, sin duda alguna, a martirizarme *in aeternum* por su cuenta...

Y aquí estoy, al borde del tiempo, asistido de mis más precarias cualidades, hablando de miedos mezquinos, haciendo gala de amor propio. Porque no puedo olvidar el éxito que obtuve en el infierno. Un triunfo, me atrevo a asegurarlo, que no han visto los apóstoles de la tierra. Era un espectáculo grandioso, y en medio estaba mi fe, inquebrantable, multiplicada, como una espada resplandeciente en las manos de todos.

Fui a dar de bruces en el infierno, pero no dudé un solo instante. Rodeado de diablos tenebrosos, la idea de perdición no pudo abrirse paso en mi cabeza. Legiones de hombres sufrían tormento en máquinas horribles; sin embargo, a cada hecho desolador, mi fe respondía: Dios quiere probarme.

Las dolencias que en la tierra me causaron mis verdugos no parecían interrumpirse, sino que hallaban una exacta continuación. Dios mismo ha examinado todas mis heridas y no ha podido discernir cuáles me fueron causadas en el mundo y cuáles provenían de manos diabólicas.

No sé cuánto estuve en el infierno, pero recuerdo con claridad la rapidez y la grandeza del apostolado. Me di incansablemente a la tarea de trasmitir a los demás las convicciones propias: no estábamos definitivamente condenados; el castigo subsistía gracias a la actitud rebelde y desesperada. En vez de blasfemar, había que dar muestras de sacrificio, de humildad. El dolor sería el mismo y nada iba a perderse con hacer una prueba. Pronto volvería Dios su vista hacia nosotros, para darse cuenta de que habíamos comprendido sus secretos fines. Las llamas cumplirían su obra de purificación y las puertas del cielo iban a abrirse ya a los primeros perdonados.

Pronto empezó a tomar vuelo mi canto de esperanza. El venero de la fe comenzó a refrescar los corazones endurecidos, con su dulce acento olvidado. Debo confesar ciertamente que para muchos aquello significaba sólo una especie de novedad a lo largo de la cruel monotonía. Pero al clamor se unieron hasta los más empedernidos, y hubo demonios que olvidaron su condición y se sumaban resueltamente a nuestras filas. Se vieron entonces cosas sorprendentes: condenados que iban ellos mismos a los hornos y se aplicaban contra el pecho brasas y cauterios, que saltaban a las calderas hirvientes y bebían con deleite largos vasos de plomo fundido. Demonios temblorosos de compasión iban a ellos y los obligaban a tomar reposo, a hacer una tregua en su actitud conmovedora. De lugar abyecto y abisal, el infierno se había transformado en santo refugio de espera y penitencia.

¿Qué harán ellos ahora? ¿Habrán vuelto a su rebeldía, a su desesperación, o estarán aguardando con angustia mi regreso a un infierno que ya no podré mirar con ojos de iluminado?

Yo, que rechacé todos los argumentos humanos, que vi sonreír el rostro de Dios detrás de todos los tormentos, debo confesar ahora mi fracaso. Me cabe el alivio de que fue Dios mismo quien me desengañó, y no fray Lorenzo. Me ha sido impuesto el sacrificio de reconocerlo como salvador para castigar suficientemente mi vanidad; y el orgullo que no se rompió en los potros irá a doblarse ante sus ojos crueles.

Y todo gracias a que yo quise vivir a la buena de Dios. Cosa sorprendente, vivir a la buena de Dios trae los peores resultados. A Dios ofende una fe ciega; pide una fe vigilante, sobrecogida. Yo aniquilé totalmente la voluntad, y por mi espíritu y por mi cuerpo transitaron libremente los instintos y las virtudes. En vez de dedicarme a clasificar, puse todas las fuerzas en la fe, para hacer de mi quietismo una llama recóndita y potente; y las acciones, las dejé al capricho de esa fuerza oscura y universal que mueve cuanto existe sobre la tierra.

Todo esto se vino abajo de golpe, cuando me di cuenta de que los actos, buenos y malos, que yo había remitido al depósito de la conciencia general —vana creación de nuestra mente de herejes—, se hallaban estrictamente anotados en mi cuenta personal. Dios me hizo comprobar la existencia de balanzas y registros; señaló uno por uno mis errores y me puso ante los ojos la afrenta de un saldo negativo. Yo no tuve a mi favor sino la fe, una fe totalmente errada, pero cuya solvencia Dios quiso reconocer.

Me doy cuenta de que en mi caso se comprueba la predestinación, pero ignoro si estaré a salvo durante la nueva tentativa, Dios ha fortalecido reiteradamente mi incertidumbre y me ha soltado de sus manos sin una sola prueba palpable, con igual turbación ante los diferentes caminos que se abren a mis ojos inexpertos. La humana incapacidad ha sido cuidadosamente restaurada; lo veo todo como un sueño y no traigo ni una sola verdad como equipaje.

Poco a poco las fronteras de mi cuerpo se reducen. El vago continente va incorporándose a la masa de mi persona. Siento que la piel envuelve y limita la sustancia que se había derramado en un orbe de inconsciencia. Renacen lentamente los sentidos y me comunican con el mundo y sus objetos.

Estoy en mi celda, sobre el suelo. Veo el crucifijo de la pared. Muevo una pierna, palpo mi frente. Mis labios se remueven; percibo ya el soplo de la vida y trato de articular, de ensayar las palabras terribles: "Yo, Alonso de Cedillo, me retracto y abjuro..."

Luego, frente a la reja, con su linterna en la mano, observándome, distingo a fray Lorenzo.

El silencio de Dios

Creo que esto no se acostumbra: dejar cartas abiertas sobre la mesa para que Dios las lea.

Perseguido por días veloces, acosado por ideas tenaces, he venido a parar en esta noche como a una punta de callejón sombrío. Noche puesta a mis espaldas como un muro y abierta frente a mí como una pregunta inagotable.

Las circunstancias me piden un acto desesperado y pongo esta carta delante de los ojos que lo ven todo. He retrocedido desde la infancia, aplazando siempre esta hora en que caigo por fin. No trato de aparecer ante nadie como el más atribulado de los hombres. Nada de eso. Cerca o lejos debe haber otros que también han sido acorralados en noches como ésta. Pero yo pregunto: ¿cómo han hecho para seguir viviendo? ¿Han salido siquiera con vida de la travesía?

Necesito hablar y confiarme; no tengo destinatario para mi mensaje de náufrago. Quiero creer que alguien va a recogerlo, que mi carta no flotará en el vacío, abierta y sola, como sobre un mar inexorable.

¿Es poco un alma que se pierde? Millares caen sin cesar, faltas de apoyo, desde el día en que se alzan para pedir las claves de la vida. Pero yo no quiero saberlas, no pretendo que caigan en mis manos las razones del universo. No voy a buscar en esta hora de sombra lo que no hallaron en espacios de luz los sabios y los santos. Mi necesidad es breve y personal.

Quiero ser bueno y solicito unos informes. Eso es todo. Estoy balanceado en un vértigo de incertidumbre, y mi mano, que sale por último a la superficie, no encuentra una brizna para detenerse. Y es poco lo que me falta, sencillo el dato que necesito.

Desde hace algún tiempo he venido dando un cierto rumbo a mis acciones, una orientación que me ha parecido razonable, y estoy alarmado. Temo ser víctima de una equivocación, porque todo, hasta la fecha, me ha salido muy mal.

Me siento sumamente defraudado al comprobar que mis fórmulas de bondad producen siempre un resultado explosivo. Mis balanzas funcionan mal. Hay algo que me impide elegir con claridad los ingredientes del bien. Siempre se adhiere una partícula maligna y el producto estalla en mis manos.

¿Es que estoy incapacitado para la elaboración del bien? Me dolería reconocerlo, pero soy capaz de aprendizaje.

No sé si a todos les sucede lo mismo. Yo paso la vida cortejado por un afable demonio que delicadamente me sugiere maldades. No sé si tiene una autorización divina: lo cierto es que no me deja en paz ni un momento. Sabe dar a la tentación atractivos insuperables. Es agudo y oportuno. Como un prestidigitador, saca cosas horribles de los objetos más inocentes y está siempre provisto de extensas series de malos pensamientos que proyecta en la imaginación como rollos de película. Lo digo con toda sinceridad: nunca voy al mal con pasos deliberados; él facilita los trayectos, pone todos los caminos en declive. Es el saboteador de mi vida.

Por si a alguien le interesa, consigno aquí el primer dato de mi biografía moral: un día en la escuela, en los primeros años, la vida me puso en contacto con unos niños que sabían cosas secretas, atrayentes, que participaban con misterio.

Naturalmente, no me cuento entre los niños felices. Un alma infantil que guarda pesados secretos es algo que vuela mal, es un ángel lastrado que no puede tomar altura. Mis días de niño, que decoraron suaves paisajes, ostentan a menudo manchas deplorables. El maligno, con apariciones puntuales de fantasma, daba a mis sueños un giro de pesadilla y puso en los recuerdos pueriles un sabor punzante y criminoso.

Cuando supe que Dios miraba todos mis actos traté de esconderle los malos por oscuros rincones. Pero al fin, siguiendo la indicación de personas mayores, mostré abiertos mis secretos para que fueran examinados en tribunal. Supe que entre Dios y yo había intermediarios, y durante mucho tiempo tramité por su conducto mis asuntos, hasta que un mal día, pasada la niñez, pretendí atenderlos personalmente.

Entonces se suscitaron problemas cuyo examen fue siempre aplazado. Empecé a retroceder ante ellos, a huir de su amenaza, a vivir días y días cerrando los ojos, dejando al bien y al mal que hicieran conjuntamente su trabajo. Hasta que una vez, volviendo a mirar, tomé el partido de uno de los dos trabados contendientes.

Con ánimo caballeresco, me puse al lado del más débil. Aquí está el resultado de nuestra alianza:

Hemos perdido todas las batallas. De todos los encuentros con el enemigo salimos invariablemente apaleados y aquí estamos, batiéndonos otra vez en retirada durante esta noche memorable.

¿Por qué es el bien tan indefenso? ¿Por qué tan pronto se derrumba? Apenas se elaboran cuidadosamente unas horas de fortaleza, cuando el golpe de un minuto viene a echar abajo toda la estructura. Cada noche me encuentro aplastado por los escombros de un día destruido, de un día que fue bello y amorosamente edificado.

Siento que una vez no me levantaré más, que decidiré vivir entre ruinas, como una lagartija. Ahora, por ejemplo, mis manos están cansadas para el trabajo de mañana. Y si no viene el sueño, siquiera el sueño como una pequeña muerte para saldar la cuenta pesarosa de este día, en vano esperaré mi resurrección. Dejaré que fuerzas oscuras vivan en mi alma y la empujen, en barrena, hacia una caída acelerada.

Pero también pregunto: ¿se puede vivir para el mal?

¿Cómo se consuelan los malos de no sentir en su corazón el ansia tumultuosa del bien? Y si detrás de cada acto malévolo se esconde un ejército de castigo, ¿cómo hacen para defenderse? Por mi parte, he perdido siempre esa lucha, y bandas de remordimiento me persiguen como espadachines hasta el callejón de esta noche.

Muchas veces he revistado con satisfacción un cierto grupo de actos bien disciplinados y casi victoriosos, y ha bastado el menor recuerdo enemigo para ponerlos en fuga. Me veo precisado a reconocer que muchas veces soy bueno sólo porque me faltan oportunidades aceptables de ser malo, y recuerdo con amargura hasta dónde pude llegar en las ocasiones en que el mal puso todos sus atractivos a mi alcance.

Entonces, para conducir el alma que me ha sido otorgada, pido, con la voz más urgente, un dato, un signo, una brújula.

El espectáculo del mundo me ha desorientado. Sobre él desemboca al azar y lo confunde todo. No hay lugar para recoger una serie de hechos y confrontarlos. La experiencia va brotando siempre detrás de nuestros actos, inútil como una moraleja.

Veo a los hombres en torno de mí, llevando vidas ocultas, inexplicables. Veo a los niños que beben voces contaminadas, y a la vida como nodriza criminal que los alimenta de venenos. Veo pueblos que disputan las palabras eternas, que se dicen predilectos y elegidos. A través de los siglos, se ven hordas de sanguinarios y de imbéciles; y de pronto, aquí y allá, un alma que parece señalada con un sello divino.

Miro a los animales que soportan dulcemente su destino y que viven bajo normas distintas; a los vegetales que se consumen después de una vida misteriosa y pujante, y a los minerales duros y silenciosos.

Enigmas sin cesar caen en mi corazón, cerrados como semillas que una savia interior hace crecer.

De cada una de las huellas que la mano de Dios ha dejado sobre la tierra, distingo y sigo el rastro. Pongo agudamente el oído en el rumor informe de la noche, me inclino al silencio que se abre de pronto y que un sonido interrumpe. Espío y trato de ir hasta el fondo, de embarcarme al conjunto, de sumarme en el todo. Pero quedo siempre aislado; ignorante, individual, siempre a la orilla.

Desde la orilla entonces, desde el embarcadero, dirijo esta carta que va a perderse en el silencio...

Efectivamente, tu carta ha ido a dar al silencio. Pero sucede que yo me encontraba allí en tales momentos. Las galerías del silencio son muy extensas y hacía mucho que no las visitaba.

Desde el principio del mundo vienen a parar aquí todas esas cosas. Hay una legión de ángeles especializados que se ocupan en trasmitir los mensajes de la tierra. Después de que son cuidadosamente clasificados, se guardan en unos ficheros dispuestos a lo largo del silencio.

No te sorprendas porque contesto una carta que según la costumbre debería quedar archivada para siempre. Como tú mismo has pedido, no voy a poner en tus manos los secretos del universo, sino a darte unas cuantas indicaciones de provecho. Creo que serás lo suficientemente sensato para no juzgar que me tienes de tu parte, ni hay razón alguna para que vayas a conducirte desde mañana como un iluminado.

Por lo demás, mi carta va escrita con palabras. Material evidentemente humano, mi intervención no deja en ellas rastro; acostumbrado al manejo de cosas más espaciosas, estos pequeños signos, resbaladizos como guijarros, resultan poco adecuados para mí. Para expresarme adecuadamente, debería emplear un lenguaje condicionado a mi sustancia. Pero volveríamos a nuestras eternas posiciones y tú quedarías sin entenderme. Así pues, no busques en mis frases atributos excelsos: son tus propias palabras, incoloras y naturalmente humildes que yo ejercito sin experiencia.

Hay en tu carta un acento que me gusta. Acostumbrado a oír solamente recriminaciones o plegarias, tu voz tiene un timbre de novedad. El contenido es viejo, pero hay en ella sinceridad, una lamentación de hijo doliente y una falta de altanería.

Comprende que los hombres se dirigen a mí de dos modos: bien el éxtasis del santo, bien las blasfemias del ateo. La mayoría utiliza también para llegar hasta aquí un lenguaje sistematizado en oraciones mecánicas que generalmente dan en el vacío, excepto cuando el alma conmovida las reviste de nueva emoción.

Tú hablas tranquilamente y sólo te podría reprochar el que hayas dicho con tanta formalidad que tu carta iba a dar al silencio, como si lo supieras de antemano. Fue una casualidad que yo me encontrara allí cuando acababas de escribir. Si retardo un poco mi visita, cuando leyera tus apasionadas palabras tal vez ya no existiría sobre la Tierra ni el polvo de tus huesos.

Quiero que veas al mundo tal cual yo lo contemplo: como un grandioso experimento. Hasta ahora los resultados no son muy claros, y confieso que los hombres han destruido mucho más de lo que yo había presupuesto. Pienso que no sería difícil que acabaran con todo. Y esto, gracias a un poco de libertad mal empleada.

Tú apenas rozas problemas que yo examino a fondo con amargura. Hay el dolor de todos los hombres, el de los niños, el de los animales que se les parecen tanto en su pureza. Veo sufrir a los niños y me gustaría salvarlos para siempre: evitar que lleguen a ser hombres. Pero debo esperar todavía un poco más, y espero confiadamente.

Si tú tampoco puedes soportar la brizna de libertad que llevas contigo, cambia la posición de tu alma y sé solamente pasivo, humilde. Acepta con emoción lo que la vida ponga en tus manos y no intentes los frutos celestes; no vengas tan lejos.

Respecto a la brújula que pides, debo aclararte que te he puesto una quién sabe dónde, y que no puedo darte otra. Recuerda que lo que yo podía darte ya te lo he concedido.

Quizás te convendría reposar en alguna religión. Esto también lo dejo a tu criterio. Yo no puedo recomendarte alguna de ellas porque soy el menos indicado para hacerlo. De todos modos, piénsalo y decídete si hay dentro de ti una voz profunda que lo solicita.

Lo que sí te recomiendo, y lo hago muy ampliamente, es que en lugar de ocuparte en investigaciones amargas, te dediques a observar más bien el pequeño cosmos que te rodea. Registra con cuidado los milagros cotidianos y acoge en tu corazón a la belleza. Recibe sus mensajes inefables y tradúcelos en tu lengua.

Creo que te falta actividad y que todavía no has penetrado en el profundo sentido del trabajo. Deberías buscar alguna ocupación que satisfaga a tus necesidades y que te deje solamente algunas horas libres. Toma esto con la mayor atención, es un consejo que te conviene mucho. Al final de un día laborioso no suele encontrarse uno con noches como ésta, que por fortuna estás acabando de pasar profundamente dormido.

En tu lugar, yo me buscaría una colocación de jardinero o cultivaría por mi cuenta un prado de hortalizas. Con las flores que habría en él, y con las mariposas que irán a visitarlas, tendría suficiente para alegrar mi vida.

Si te sientes muy solo, busca la compañía de otras almas, y frecuéntala, pero no olvides que cada alma está especialmente construida para la soledad.

Me gustaría ver otras cartas sobre tu mesa. Escríbeme, si es que renuncias a tratar cosas desagradables. Hay tantos temas de qué hablar, que seguramente tu vida alcanzará para muy pocos. Escojamos los más hermosos.

En vez de firma, y para acreditar esta carta (no pienses que la estás soñando), te voy a ofrecer una cosa: me manifestaré a ti durante el día, de un modo en que puedas fácilmente reconocerme, por ejemplo... Pero no, tú solo, sólo tú habrás de descubrirlo.

Los alimentos terrestres

"Muy sentido estoy del descuido que ha tenido nuestro amigo de mis alimentos...

Mis alimentos es justo que no padezcan ni hallen con ellos ningún fracaso o novedad...

Diga V. m. ¿qué culpa tienen mis alimentos, ni qué pecado ha cometido mi crédito para que no se paguen muy puntualmente...?

Los mil reales de mis alimentos, de aquí a San Pedro...

Según esto, suplicó a V. m. haga con Pedro Alonso de Baena me envíe libranza junta de ocho mil y quinientos reales que montan los meses de mis alimentos de aquí al fin de este año...

Con don Agustín Fiesco he acabado que escriba a Pedro Alonso de Baena dé lugar a la correspondencia de mis alimentos...

También suplico mire que es bien advertir a nuestro amigo que seiscientos reales cada mes no pueden ser alimentos de un niño de la doctrina...

Que será gran merced para mí excusarme de pesadumbre con ellos, y solicitar mis alimentos de junio por la misma vía...

No hay mulas de retorno para un alimentado...

Por amor de Dios que V. m. trate de la satisfacción de estos hombres y de socorrerme con los alimentos de julio...

Con 500 reales de aquí a fin de diciembre, no puede pasar una hormiga, cuanto más quien tiene honra...

Mañana entra enero, que da principio al año y a mis alimentos...

Suplico a V. m. haga con el amigo ensanche los alimentos de aquí a octubre...

Pensé que el amigo, con la cuaresma, mudara de condición como de manjar, y veo que procede aun peor con estos alimentos que con los otros, pues se conjura contra los míos, haciéndome ayunar aun los domingos, que perdona la Iglesia...

Los alimentos de este año en la escritura fueron pocos, pero en la dispensación van siendo menos, porque son ningunos...

Es morir no andar con alimentos anticipados...

Ni es bien cansarle dos veces sobre una cosa que es la que tengo suplicada a V. m. de mis alimentos...

Y compongamos estos mis pobres alimentos de manera que pueda yo comer aunque nunca cene...

Suplico a V. m. ponga remedio en todo esto, que ya no me acuerdo de mí ni de mis alimentos...

(Quiero más una morcilla/ que en el asador reviente...)

Yo perezco, y mi crédito más, si V. m. no me socorre como quien es, haciendo que me libren mis alimentos juntos...

Deseo saber si mis alimentos son de condición diferente que los otros o si por desdicha mía soy más glorioso que otros hombres...

Nuestro amigo hace experiencias costosas de mi naturaleza, averiguando sin duda lo que tengo de angélico, pues me deja ayuno tantos días...

Señor mío don Francisco: V. m., que tiene molinos, sabe que no come el molinero del ruido de la cítola, sino del trigo de la tolva...

¿Qué culpa tiene mi comida miserable, de la concurrencia del señor don Fernando de Córdoba y Cardona?

Y algo más que bastará para asegurarse los ensanches que se echaren a mis alimentos...

Suplico a V. m. que se sirva de pedirle de mi parte me haga merced de los alimentos que he de haber este año...

Es invención suya para no sólo alargar los alimentos, pero retardarlos, como lo hace...

No me deje tan impíamente, atenido a tan miserables alimentos...

En materia de mis alimentos he padecido todo este tiempo mil necesidades...

Ya caminamos a cuatro meses de alimentos sin haber visto un maravedí de todos ellos...

Sírvase mandar se me compre a cuenta de mis alimentos cuatro arrobas de azahar seco, digo de lo ya tostado en las alquitaras...

Cuanto a lo que Vuestra merced me ofrece de no desampararme en los alimentos, le beso las manos tantas veces como ellos contienen de maravedís...

Bien fuera razón que me remitiera en esa póliza lo que monta lo caído de mis alimentos, sin dármelos a sorbos...

Yo quedo esperando la fianza de mis alimentos...

De mis alimentos se resta ochocientos reales, digo 850, hasta fin de éste...

He acabado con don Agustín Fiesco que me dé aquí 2,550 reales que montan lo restante de mis alimentos hasta fin de agosto, que es hoy, y el mes de setiembre, que entra mañana, de manera que hasta el fin del dicho mes de setiembre estoy alimentado...

Suplico a V. m. no haya falta en ello, porque va el crédito y la consecuencia para el expediente de unos alimentos...

No es mucho que se me anticipen los alimentos de un mes...

La paga no es muy ejecutiva, ni la seguridad menos que mis alimentos...

¿Me ha de volver las espaldas V. m. y ha de escribir a los Fiescos que me nieguen aún los alimentos?

Para ello es menester echar algunas ensanchas a la provisión de mis alimentos...

No quiso dispensar en tres días de anticipación de alimentos...

Suplícole se sirva de acudirme, que no puedo pagar de ninguna manera con alimentos tan cortos...

Beso las manos de Vuestra merced muchas veces por la anticipación de los alimentos...

Yo suplico a Vuestra merced me haga merced de los dos meses de alimentos perdidos...

Yo estoy peor que Vuestra merced me dejó, y tanto, que ha sido menester vender un contador de ébano para comer estas dos semanas, que puede tardar el desengaño de mis alimentos...

En virtud de Cristóbal de Heredia, no falta quien me fíe el pan, que como con un torrezno de Rute...

No hay luz ni aun crepúsculo de comodidad: noche es en la que vivo, y, lo que peor es, sin tener que cenar en ella...

Tengo a V. m., con quien estoy comiendo en un plato; y ojalá fuera ello así, que no estoy sino debajo de su mesa de V. m., comiendo sus meajas y pidiendo ahora que deje caer una rebanada de pan siquiera...

Quejárame a Dios y al mundo, y diránme que don Luis de Góngora soy en cualquier parte, y más en Madrid, donde me mandarán dar alimentos bien pagados...

Beso las manos de Vuestra merced por la que me hace de alimentarme...

Porque 800 reales son flacos alimentos para un hombre de cuenta en este lugar...

Y que me hallo a los umbrales del invierno sin hilo de ropa, anticipados mis alimentos mes y medio para poder comer..."

Don Luis de Góngora y Argote, *Epistolario*.

Una reputación

La cortesía no es mi fuerte. En los autobuses suelo disimular esta carencia con la lectura o el abatimiento. Pero hoy me levanté de mi asiento automáticamente, ante una mujer que estaba de pie, con un vago aspecto de ángel anunciador.

La dama beneficiada por ese rasgo involuntario lo agradeció con palabras tan efusivas, que atrajeron la atención de dos o tres pasajeros. Poco después se desocupó el asiento inmediato, y al ofrecérmelo con leve y significativo ademán, el ángel tuvo uh hermoso gesto de alivio. Me senté allí con la esperanza de que viajaríamos sin desazón alguna.

Pero ese día me estaba destinado, misteriosamente. Subió al autobús otra mujer, sin alas aparentes. Una buena ocasión se presentaba para poner las cosas en su sitio; pero no fue aprovechada por mí. Naturalmente, yo podía permanecer sentado, destruyendo así el germen de una falsa reputación. Sin embargo, débil y sintiéndome ya comprometido con mi compañera, me apresuré a levantarme, ofreciendo con reverencia el asiento a la recién llegada. Tal parece que nadie le había hecho en toda su vida un homenaje parecido: llevó las cosas al extremo con sus turbadas palabras de reconocimiento.

Esta vez no fueron ya dos ni tres las personas que aprobaron sonrientes mi cortesía. Por lo menos la mitad del pasaje puso los ojos en mí, como diciendo: "He aquí un caballero". Tuve la idea de abandonar el vehículo, pero la deseché inmediatamente, sometiéndome con honradez a la situación, alimentando la esperanza de que las cosas se detuvieran allí.

Dos calles adelante bajó un pasajero. Desde el otro extremo del autobús, una señora me designó para ocupar el asiento vacío. Lo hizo sólo con una mirada, pero tan imperiosa, que detuvo el ademán de un individuo que se me adelantaba; y "tan suave, que yo atravesé el camino con paso vacilante para ocupar en aquel asiento un sitio de honor. Algunos viajeros masculinos que iban de pie sonrieron con desprecio. Yo adiviné su envidia, sus celos, su resentimiento, y me sentí un poco angustiado. Las señoras, en cambio, parecían protegerme con su efusiva aprobación silenciosa.

Una nueva prueba, mucho más importante que las anteriores, me aguardaba en la esquina siguiente: subió al camión una señora con dos niños pequeños. Un angelito en brazos y otro que apenas caminaba. Obedeciendo la orden unánime, me levanté inmediatamente y fui al encuentro de aquel grupo conmovedor. La señora venía complicada con dos o tres paquetes; tuvo que correr media cuadra por lo menos, y no lograba abrir su gran bolso de mano. La ayudé eficazmente en todo lo posible, la desembaracé de nenes y envoltorios, gestioné con el chofer la exención de pago para los niños, y la señora quedó instalada finalmente en mi asiento, que la custodia femenina había conservado libre de intrusos. Guardé la manita del niño mayor entre las mías.

Mis compromisos para con el pasaje habían aumentado de manera decisiva. Todos esperaban de mí cualquier cosa. Yo personificaba en aquellos momentos los ideales femeninos de caballerosidad y de protección a los débiles. La responsabilidad oprimía mi cuerpo como una coraza agobiante, y yo echaba de menos una buena tizona en el costado. Porque no dejaban de ocurrírseme cosas graves. Por ejemplo, si un pasajero se propasaba con alguna dama, cosa nada rara en los autobuses, yo debía amonestar al agresor y aun entrar en combate con él. En todo caso, las señoras parecían completamente seguras de mis reacciones de Bayardo. Me sentí al borde del drama.

En esto llegamos a la esquina en que debía bajarme. Divisé mi casa como una tierra prometida. Pero no descendí. Incapaz de moverme, la arrancada del autobús me dio una idea de lo que debe ser una aventura trasatlántica. Pude recobrarme rápidamente; yo no podía desertar así como así, defraudando a las que en mí habían depositado su seguridad, confiándome un puesto de mando. Además, debo confesar que me sentí cohibido ante la idea de que mi descenso pusiera en libertad impulsos hasta entonces contenidos. Si por un lado yo tenía asegurada la mayoría femenina, no estaba muy tranquilo acerca de mi reputación entre los hombres. Al bajarme, bien podría estallar a mis espaldas la ovación o la rechifla. Y no quise correr tal riesgo. ¿Y si aprovechando mi ausencia un resentido daba rienda suelta a su bajeza? Decidí quedarme y bajar el último, en la terminal, hasta que todos estuvieran a salvo.

Las señoras fueron bajando una a una en sus esquinas respectivas, con toda felicidad. El chofer ¡santo Dios! acercaba el vehículo junto a la acera, lo detenía completamente y esperaba a que las damas pusieran sus dos pies en tierra firme. En el último momento, vi en cada rostro un gesto de simpatía, algo así como el esbozo de una despedida cariñosa. La señora de los niños bajó finalmente, auxiliada por mí, no sin regalarme un par de besos infantiles que todavía gravitan en mi corazón, como un remordimiento.

Descendí en una esquina desolada, casi montaraz, sin pompa ni ceremonia. En mi espíritu había grandes reservas de heroísmo sin empleo, mientras el autobús se alejaba vacío de aquella asamblea dispersa y fortuita que consagró mi reputación de caballero.

Corrido

Hay en Zapotlán una plaza que le dicen de Ameca, quien sabe por qué. Una calle ancha y empedrada se da contra un testerazo, partiéndose en dos. Por allí desemboca el pueblo en sus campos de maíz.

Así es la Plazuela de Ameca, con su esquina ochavada y sus casas de grandes portones. Y en ella se encontraron una tarde, hace mucho, dos rivales de ocasión. Pero hubo una muchacha de por medio.

La Plazuela de Ameca es tránsito de carretas. Y las ruedas muelen la tierra de los baches, hasta hacerla finita, finita. Un polvo de tepetate que arde en los ojos, cuando el viento sopla. Y allí había, hasta hace poco, un hidrante. Un caño de agua de dos pajas, con su llave de bronce y su pileta de piedra.

La que primero llegó fue la muchacha con su cántaro rojo, por la ancha calle que se parte en dos. Los rivales caminaban frente a ella, por las calles de los lados, sin saber que se darían un tope en el testerazo. Ellos y la muchacha parecía que iban de acuerdo con el destino, cada uno por su calle.

La muchacha iba por agua y abrió la llave. En ese momento los dos hombres quedaron al descubierto, sabiéndose interesados en lo mismo. Allí se acabó la calle de cada quien, y ninguno quiso dar paso adelante. La mirada que se echaron fue poniéndose tirante, y ninguno bajaba la vista.

—Oiga amigo, qué me mira.

—La vista es muy natural.

Tal parece que así se dijeron, sin hablar. La mirada lo estaba diciendo todo. Y ni un ái te va, ni ái te viene. En la plaza que los vecinos dejaron desierta como adrede, la cosa iba a comenzar.

El chorro de agua, al mismo tiempo que el cántaro, los estaba llenando de ganas de pelear. Era lo único que estorbaba aquel silencio tan entero. La muchacha cerró la llave dándose cuenta cuando ya el agua se derramaba. Se echó el cántaro al hombro, casi corriendo con susto.

Los que la quisieron estaban en el último suspenso, como los gallos todavía sin soltar, embebidos uno y otro en los puntos negros de sus ojos. Al subir la banqueta del otro lado, la muchacha dio un mal paso y el cántaro y el agua se hicieron trizas en el suelo.

Ésa fue la merita señal. Uno con daga, pero así de grande, y otro con machete costeño. Y se dieron de cuchillazos; sacándose el golpe un poco con el sarape. De la muchacha no quedó más que la mancha de agua, y allí están los dos peleando por los destrozos del cántaro.

Los dos eran buenos, y los dos se dieron en la madre. En aquella tarde que se iba y se detuvo. Los dos se quedaron allí bocarriba, quién degollado y quién con la cabeza partida. Como los gallos buenos, que nomás a uno le queda tantito resuello.

Muchas gentes vinieron después, a la nochecita. Mujeres que se pusieron a rezar y hombres que dizque iban a dar parte. Uno de los muertos todavía alcanzó a decir algo: preguntó que si también al otro se lo había llevado la tiznada.

Después se supo que hubo una muchacha de por medio. Y la del cántaro quebrado se quedó con la mala fama del pleito. Dicen que ni siquiera se casó. Aunque se hubiera ido hasta Jilotlán de los Dolores, allá habría llegado con ella, a lo mejor antes que ella, su mal nombre de mancornadora.

Carta a un zapatero que compuso mal
unos zapatos

Estimable señor:

Como he pagado a usted tranquilamente el dinero que me cobró por reparar mis zapatos, le va a extrañar sin duda la carta que me veo precisado a dirigirle.

En un principio no me di cuenta del desastre ocurrido. Recibí mis zapatos muy contento, augurándoles una larga vida, satisfecho por la economía que acababa de realizar: por unos cuantos pesos, un nuevo par de calzado. (Éstas fueron precisamente sus palabras y puedo repetirlas.)

Pero mi entusiasmo se acabó muy pronto. Llegado a casa examiné detenidamente mis zapatos. Los encontré un poco deformes, un tanto duros y resecos. No quise conceder mayor importancia a esta metamorfosis. Soy razonable. Unos zapatos remontados tienen algo de extraño, ofrecen una nueva fisonomía, casi siempre deprimente.

Aquí es preciso recordar que mis zapatos no se hallaban completamente arruinados. Usted mismo les dedicó frases elogiosas por la calidad de sus materiales y por su perfecta hechura. Hasta puso muy alto su marca de fábrica. Me prometió, en suma, un calzado flamante.

Pues bien: no pude esperar hasta el día siguiente y me descalcé para comprobar sus promesas. Y aquí estoy, con los pies doloridos, dirigiendo a usted una carta, en lugar de transferirle las palabras violentas que suscitaron mis esfuerzos infructuosos.

Mis pies no pudieron entrar en los zapatos. Como los de todas las personas, mis pies están hechos de una materia blanda y sensible. Me encontré ante unos zapatos de hierro. No sé cómo ni con qué artes se las arregló usted para dejar mis zapatos inservibles. Allí están, en un rincón, guiñándome burlonamente con sus puntas torcidas.

Cuando todos mis esfuerzos fallaron, me puse a considerar cuidadosamente el trabajo que usted había realizado. Debo advertir a usted que carezco de toda instrucción en materia de calzado. Lo único que sé es que hay zapatos que me han hecho sufrir, y otros, en cambio, que recuerdo con ternura: así de suaves y flexibles eran.

Los que le di a componer eran unos zapatos admirables que me habían servido fielmente durante muchos meses. Mis pies se hallaban en ellos como pez en el agua. Más que zapatos, parecían ser parte de mi propio cuerpo, una especie de envoltura protectora que daba a mi paso firmeza y seguridad. Su piel era en realidad una piel mía, saludable y resistente. Sólo que daban ya muestras de fatiga. Las suelas sobre todo: unos amplios y profundos adelgazamientos me hicieron ver que los zapatos se iban haciendo extraños a mi persona, que se acababan. Cuando se los llevé a usted, iban ya a dejar ver los calcetines.

También habría que decir algo acerca de los tacones: piso defectuosamente, y los tacones mostraban huellas demasiado claras de este antiguo vicio que no he podido corregir.

Quise, con espíritu ambicioso, prolongar la vida de mis zapatos. Esta ambición no me parece censurable: al contrario, es señal de modestia y entraña una cierta humildad. En vez de tirar mis zapatos, estuve dispuesto a usarlos durante una segunda época, menos brillante y lujosa que la primera. Además, esta costumbre que tenemos las personas modestas de renovar el calzado es, si no me equivoco; el *modus vivendi* de las personas como usted.

Debo decir que del examen que practiqué a su trabajo de reparación ha sacado muy feas conclusiones. Por ejemplo, la de que usted no ama su oficio. Si usted, dejando aparte todo resentimiento, viene a mi casa y se pone a contemplar mis zapatos, ha de darme toda la razón. Mire usted qué costuras: ni un ciego podía haberlas hecho tan mal. La piel está cortada con inexplicable descuido: los bordes de las suelas son irregulares y ofrecen peligrosas aristas. Con toda seguridad, usted carece de hormas en su taller, pues mis zapatos ofrecen un aspecto indefinible. Recuerde usted, gastados y todo, conservaban ciertas líneas estéticas. Y ahora...

Pero introduzca usted su mano dentro de ellos. Palpará usted una caverna siniestra. El pie tendrá que transformarse en reptil para entrar. Y de pronto un tope; algo así como un quicio de cemento poco antes de llegar a la punta. ¿Es posible? Mis pies, señor zapatero, tienen forma de pies, son como los suyos, si es que acaso usted tiene extremidades humanas.

Pero basta ya. Le decía que usted no le tiene a su oficio y es cierto. Es también muy triste para usted y peligroso para sus clientes, que por cierto no tienen dinero para derrochar.

A propósito: no hablo movido por el interés. Soy pobre pero no soy mezquino. Esta carta no intenta abonarse la cantidad que yo le pagué por su obra de destrucción. Nada de eso. Le escribo sencillamente para exhortarle a amar su propio trabajo. Le cuento la tragedia de mis zapatos para infundirle respeto por ese oficio que la vida ha puesto en sus manos; por ese oficio que usted aprendió con alegría en un día de juventud... Perdón; usted es todavía joven. Cuando menos, tiene tiempo para volver a comenzar, si es que ya olvidó cómo se repara un par de calzado.

Nos hacen falta buenos artesanos, que vuelvan a ser los de antes, que no trabajen solamente para obtener el dinero de los clientes, sino para poner en práctica las sagradas leyes del trabajo. Esas leyes que han quedado irremisiblemente burladas en mis zapatos.

Quisiera hablarle del artesano de mi pueblo, que remendó con dedicación y esmero mis zapatos infantiles. Pero esta carta no debe catequizar a usted con ejemplos.

Sólo quiero decirle una cosa: si usted, en vez de irritarse, siente que algo nace en su corazón y llega como un reproche hasta sus manos, venga a mi casa y recoja mis zapatos, intente en ellos una segunda operación, y todas las cosas quedarán en su sitio.

Yo le prometo que si mis pies logran entrar en los zapatos, le escribiré una hermosa carta de gratitud, presentándolo en ella como hombre cumplido y modelo de artesanos.

Soy sinceramente su servidor.